UN É

# Mohammed Dib

# UN ÉTÉ
# AFRICAIN

ROMAN
*Version définitive*

*Éditions du Seuil*

TEXTE INTÉGRAL

ISBN 2-02-033438-0
(ISBN 2-02-000926-9, 1ʳᵉ publication)

© Éditions du Seuil, 1959, février 1998
pour la présente édition et la préface

*Un mot au lecteur*

Avec ce roman, nous entrons dans la tragédie, mais personne ne le sait, je veux dire : aucun des personnages présents. Ce livre a été écrit pendant que les événements relatés se produisaient ; même un peu avant, pour certains. Ce n'est que rétrospectivement, aujourd'hui, que les protagonistes pourraient parler de tragédie. Ceux d'entre eux du moins qui sont encore de ce monde.

Lorsqu'on prononce le mot « tragédie », on s'imagine tout de suite devant une scène, attendant que les trois coups soient frappés, que le rideau se lève et qu'apparaissent des acteurs sachant parfaitement ce qu'ils ont à faire, que leur voix, leurs expressions, leurs gestes, étudiés, sont prêts à concourir à cette fin : donner la tragédie.

Dans cet ouvrage, il y a bien des acteurs mais ils ne sont nullement préparés aux rôles qu'ils vont jouer, ils ne savent pas qu'ils vont participer à une tragédie, ou à quoi que ce soit de semblable, il n'y a pas de plateau, aucun rideau ne se lèvera – ni ne se baissera –; il n'y a pas de rideau. Les hommes et les femmes qu'on va rencontrer, s'ils vont vivre une tragédie, ce n'est qu'à compter du moment où le lecteur ouvre le livre et les regardera agir. Où une relation d'eux à lui s'établira. C'est au lecteur qu'il appartient de découvrir, à partir du libre jeu de leur

I

comportement et de leurs pensées, mais aussi de la nécessité où ce comportement et ces pensées s'inscriront, la réalité tragique qu'ils véhiculent à leur insu. Cette réalité sera dans sa conscience, non dans celle des personnages.

Il en sera de même des contradictions qui les agitent.

Qui sont-ils d'abord, ces personnages ? Ce n'est pas l'Homme, ne n'est pas la Femme, mais tel homme, telle femme, dans telles conditions matérielles, sociales, et au moment où leur histoire interfère avec l'Histoire. Ils sont de milieux différents, commerçants, ouvriers, paysans, fonctionnaires. Jamais les forces qui tendent à aliéner l'être humain ne sont aussi contraignantes qu'en régime colonial : aussi est-ce en rapport avec ce fait que tous vont essentiellement réagir, comme cela se produit dans la vie, et là se situe la donnée « héroïque » du livre que voici.

Cette donnée le distingue, on s'en doute bien, du roman traditionnel, roman clos, centré autour d'une intrigue qui circonscrit le conflit entre les caractères et se garde de faire référence à l'horizon de mystification dont ils sont victimes en tant qu'êtres aliénés : cela ferait mauvais genre. Ici, au contraire, le conflit est ouvert entre les protagonistes d'une part et, d'autre part, le monde tel qu'il leur est imposé. La curiosité du lecteur n'a plus à se porter sur un « dénouement », prévisible ou non, comme dans l'ancien roman, mais sur une « évolution », l'évolution des événements, des choses, des conduites, des histoires individuelles, de l'Histoire en général. Il n'y aura pas de dénouement qui délivre, le roman refermé n'en sera pas fini pour autant, il se poursuivra comme la vie selon la tournure et les voies qu'il lui arrivera de prendre.

II

Toutefois, si les personnages sont appréhendés tels qu'ils sont dans leur quotidien, ce ne sont pas eux que l'auteur cherche à scandaliser, bouleverser, éveiller, mais le lecteur. Ces créations de l'esprit sont là pour rappeler, désigner des êtres réels. Ce n'est pas en compagnie de héros de roman qu'on peut changer le monde mais en celle d'hommes et de femmes vrais. Par-delà des personnages somme toute imaginaires, c'est avec le lecteur que l'auteur tente d'entrer en communication, en discussion, non le lecteur comme simple lecteur, plutôt comme membre responsable d'une société. Absurde théorie qui veut que la littérature n'ait de comptes à rendre qu'à elle-même !

Ce qui, dans ce livre, nous change de cela ? Pas de « dénouement », disais-je plus haut, qui libérerait le lecteur, le laisserait s'en retourner à ses affaires, l'esprit en repos, repu de catharsis. Le rendre bien au contraire attentif à l'« évolution » qu'entraîne pour chaque acteur sa part prise aux événements narrés, à son corps défendant le plus souvent. La méthode : impliquer chaque personnage, avec son tempérament propre, dans les entreprises sociales, politiques de l'heure, le saisir dans ses débats intimes et publics, et comme il en sort transformé. Acteurs et conjonctures de la comédie humaine, rien n'existe qu'en marche dans un monde en marche, qu'en perpétuelles divisions et réconciliations en soi, avec soi et hors de soi. En cours de route, ou de roman, les individus sont loin évidemment de manifester toujours une lucidité exemplaire.

C'est alors que le lecteur est invité à exercer son esprit critique en espérant de lui que, ce faisant, il assumera ses responsabilités : on lui demande de faire preuve de luci-

III

dité pour eux. Placé de la sorte devant des gens qui souvent discernent mal les tenants et aboutissants de leurs faits et gestes, le lecteur est appelé à s'engager pour eux et vis-à-vis d'eux, de les éclairer et, du même coup, de s'éclairer lui le premier sur son rôle dans la société, le monde, l'existence.

La méthode ici est de faire confiance au lecteur.

Le mot « Fin » donc ne conclut ni ne clôt le livre. De page en page, il laisse la vie entrée par un bout en déboucher par l'autre, non sans vous avoir en passant, lecteur, invité à chercher une « solution » pour un monde plus humain.

MOHAMMED DIB
*préface à la traduction*
*bulgare (octobre 1961)*

*Mohammed Dib est né à Tlemcen en Algérie le 21 juillet 1920. Il poursuit des études primaires et secondaires dans sa ville natale, puis à Oujda, au Maroc. Il est nommé Regent's Professor à l'université de Californie pour l'année 1974, travaille comme maître-assistant à la Sorbonne entre 1982 et 1984. Il a obtenu le Prix de l'Union des écrivains algériens en 1967 pour l'ensemble de son œuvre. Il a reçu le Grand Prix de la Francophonie, décerné par l'Académie française, en 1994 et, en 1995, le Grand Prix du roman de la Ville de Paris.*

# I

— Comme il fait chaud... On étouffe.

Zakya soupire. Elle lève les yeux au ciel.

— Pas un souffle d'air ; même la nuit, la chaleur ne diminue pas.

Elle se tourne vers son père ; Moukhtar Raï, tiré de sa torpeur, maugrée :

— Cette lumière vous donne encore plus chaud, ma parole.

Une grosse ampoule électrique brûle au-dessus de sa tête. La cour mauresque que prolonge en profondeur un jardin, dont elle est séparée par des arcades, est éclairée comme la scène d'un théâtre. Mais le jardin, là-bas, n'est que nuit sombre. Un bruit d'eau, des stridulations de grillons, proviennent de cette obscurité.

Appuyé au dossier de son siège, Moukhtar Raï fixe ses regards sur la nuit. Devant lui, trois chaises de rotin entourent une table ronde. Zakya est assise, à même le sol, sous une arcade. Elle s'est replongée dans ses pensées.

Contre le mur de droite, tassée sur une banquette,

M^me Raï, mère de Moukhtar, dort, la tête retombant sur sa poitrine.

Zakya et son père gardent le silence. La jeune fille ne fait plus guère attention aux deux autres ; lui non plus.

— Veux-tu que j'éteigne ici ? demande Yamna bent Taleb, apparaissant derrière son mari, sur le seuil d'une pièce.

Moukhtar Raï jette un coup d'œil par-dessus son épaule et lui fait oui de la tête. Yamna éteint dans la cour, qui n'est plus éclairée que par une faible lumière diffusée des chambres.

Elle vient s'asseoir ensuite au bord d'une chaise, en face de son mari. Un sourire vague erre sur ses lèvres, exprimant le bonheur inconscient.

Après un long silence, d'un ton distrait, Moukhtar Raï s'enquiert :

— Zakya, ma petite, penseras-tu à demander un emploi d'institutrice ?

— Oh ! papa...

— Je sais. poursuit Moukhtar Raï du même ton las. Tu viens tout juste d'avoir ton baccalauréat, et puis c'est les vacances... Mais ce serait tellement intéressant.

— Oui, dit Zakya imperceptiblement.

Se réveillant en sursaut, la grand-mère marmonne :

— Pff ! institutrice ! Cherche-lui un mari, ça fera davantage son affaire. Une Raï, travailler ? Tu veux sans doute que la ville daube sur toi et ta fille !

Zakya s'agite. Yamna bent Taleb se retourne vers la vieille dame ; elle la regarde mais ne dit mot.

Se redressant, Moukhtar Raï pose ses mains à plat
sur la table.

— Maman, de nos jours, une femme peut et doit...
— De nos jours ! Peuh !
— Tu sais bien...
— De nos jours ! De nos jours !
— ... qu'à présent...

Il s'arrête de parler ; sa mère s'est assoupie de nouveau. Moukhtar Raï se radosse à sa chaise.

C'est un homme mince, un peu sec. Il arbore un air
de coquetterie surannée : sa cravate, sa pochette et ses
chaussures en toile blanche, tout comme son costume
gris clair qui lui va juste, rappellent les années 20. Il
porte des moustaches en crocs ; sa chevelure fournie est
tout cendres. Pas très âgé pourtant. Il n'a sûrement pas
cinquante ans, mais le regard calme, réfléchi, qu'il pose
sur chaque chose semble déjà usé.

Rahma arrive, tenant un plateau qu'elle pose sur la
table devant sa maîtresse. Celle-ci prend la théière et
commence à remplir les verres ; la servante se retire.

Moukhtar Raï considère sa femme.

— Hein, qu'en dis-tu ?
— Ce que j'en dis ? A quel propos ?
— Mais à propos d'un poste d'institutrice.

Yamna jette un regard à sa fille.

— Ma foi, rien.
— Ce serait tellement intéressant, affirme Moukhtar
Raï. Tu comprends, ce serait, sans nous vanter, quelque
chose de... d'intéressant !

Yamna pose un verre de thé devant son mari.

— Quelle chaleur ! Je vais me coucher, dit Zakya.

— Prends ton thé avant : il n'est pas tard, fait remarquer Yamna. Tiens, donne à ta grand-mère.

Elle tend un verre plein à Zakya qui le porte à M^me Raï. Réveillée, la grand-mère se met à aspirer le thé bruyamment. Zakya s'approche de son père, lui baise la main.

Moukhtar Raï caresse les cheveux de la jeune fille.

— Quoi ? Il est trop tôt pour aller se coucher. Bon, n'oublie pas alors ta demande... ma petite institutrice.

Zakya se dirige vers sa mère. Elle lui dépose un baiser dans le fond de la main, puis sur le revers. Ensuite elle va embrasser sa grand-mère.

— Va, ma pauvre fille, murmure celle-ci.

Zakya rentrée dans la maison, Moukhtar Raï déclare :

— Elle est fatiguée, elle n'a pas bonne mine. Il me semble qu'elle a beaucoup travaillé ces jours-ci. Brave petite !

Après un temps de réflexion, il ajoute :

— Ah ! et puis il y a de quoi être malade, avec cette chaleur !

— C'est d'autre chose qu'il s'agit, réplique sa femme.

— Comment ? De quelles choses s'agit-il ?

Entendant sa mère ronfler :

— Ecoute, elle ronfle, dit-il.

Yamna se lève, prend doucement des mains de la vieille femme le verre vide, et se rassoit.

— Maman, maman, appelle tout haut Moukhtar Raï.
Tu devrais aller te coucher.

M$^{me}$ Raï revient brusquement à elle :

— Quoi, qu'est-ce que tu dis ? Je n'ai pas sommeil,
mon cher. Pourquoi veux-tu m'envoyer au lit déjà ?

Moukhtar Raï et sa femme regardent soudain vers le
jardin : on frappe à la porte de la maison. Lui, tire sa
montre.

— C'est ton frère : il est neuf heures et demie.

Il va au jardin ; la porte grince et une voix d'homme
lance :

— ... En passant, mon ami, oui, oui. En passant
seulement.

— Voyons, entrez d'abord ! Que diable ! répond
Moukhtar Raï.

Yamna sourit toute seule.

Son frère Allal entre par le jardin, suivi de Moukhtar
Raï.

— En passant seulement, ma sœur ! Comment vas-tu ?

— Seulement en passant ?

Elle se lève et, riant, s'incline sur l'épaule de son
frère. Allal lui touche la tête des mains puis porte le
bout des doigts à ses lèvres.

— Ce soir, je le jure, je ne resterai pas plus que
quelques minutes. J'ai des tas... Oh ! *lalla* Razia, vous
êtes là ? Dieu me pardonne ! Je ne vous ai pas vue.

Il s'approche de M$^{me}$ Raï :

— Donnez-moi votre bénédiction, que Dieu vous
donne biens et santé...

— Dieu te donne biens et santé, petit père. L'âge n'est pas une fameuse chose...

La vieille femme, en même temps que son fils, déclare :

— On a raison de dire qu'il engendre tous les maux.

Et de partir tous de rire.

— Il reste encore du thé ; vous en boirez bien un verre...

Les deux époux reprennent leurs places respectives. Allal Taleb, qui n'a pas bien entendu les dernières paroles de Moukhtar Raï, répond :

— Permettez, mon cher, je veux m'asseoir près de *lalla* Razia.

Il s'installe à côté de la vieille dame en relevant le fond de son pantalon bouffant. Sa sœur lui porte un verre de thé.

— Les anges te protègent, dit-il. Et ma petite nièce ?

— Elle est allée se coucher, répondent Moukhtar Raï et sa femme.

— Déjà ! Par une nuit si chaude ?

— Ah, mais ! s'écrie M<sup>me</sup> Raï. Ils veulent me faire coucher, moi aussi !

Allal Taleb dépose son fez près de lui, exposant sa calvitie à l'air. Il garde la manière ancienne de s'habiller ; une chaîne en or pend sur son ventre. Il est la rondeur même, mais malgré son poids et ses quelque cinquante-cinq ans, on le devine vif, prêt à se réjouir de tout. Déjà, il ne tient en place que péniblement.

— Et ces... *événements*, Moukhtar Raï?... Saurons-nous bientôt comment ça va tourner?

— Qui pourrait le savoir?

— Vous! qui travaillez dans un service de l'État! Vous connaissez toujours plus de choses que vous ne voulez le dire. Ne niez pas! J'ai suffisamment d'expérience pour comprendre votre attitude.

— A vrai dire, on n'a pas l'impression que les... choses soient prêtes à se tasser, à rentrer dans l'ordre.

— Ah! Ah! Quand je disais que vous en savez plus long que vous ne le laissez paraître! Remarquez que pour moi, ça ne me gêne pas beaucoup. C'était uniquement pour dire quelque chose... Je n'ai pas mal de café en stock, de quoi faire tourner mon usine un bout de temps, si jamais...

Les deux hommes se regardent, regardent les femmes; un silence insolite plane.

— Tant mieux pour vous, reprend Moukhtar Raï, car j'ai comme une idée que ça ne cessera pas de sitôt.

Allal Taleb répond à mi-voix :

— Au fond, il n'en sortira que du bien.

— Hein! de quel bien parlez-vous?

— Je pensais à... Je veux dire, Moukhtar Raï, qu'en tout je ne veux chercher que le bon côté des choses, et, une fois que je l'ai trouvé, je remercie Dieu pour le bien et rejette le reste de ma pensée. Je suis tout rusticité, moi faible créature de Dieu...

— Vous vous y connaissez assez pour mener à bien vos affaires; vous ne me direz pas le contraire.

— Non ! Sans me jeter des fleurs. Mais je ne possède pas une once de cruauté... Tenez, ça me rappelle la mésaventure que j'ai eue, dans le temps, avec un étudiant en théologie. J'avais pris ce garçon en estime pour ses manières décentes, ses propos qui portaient la marque d'un esprit élevé. Quoique jeune, il était si savant !

Allal Taleb s'arrête : diverses réflexions semblent l'assaillir tout d'un coup. Puis il sourit et continue avec une ironie imperceptible :

— Mais je l'admirais surtout pour le mépris dans lequel, malgré son extrême pauvreté, il tenait les biens de ce monde. Il avait fait de moi son ami. Ça m'avait beaucoup plu, et pourquoi ne pas l'avouer, flatté aussi. Je pensais souvent : « Voilà un bon jeune homme. Son mérite ne lui a pas tourné la tête, puisqu'il ne dédaigne pas la compagnie d'un rustre comme moi. J'aime les âmes nobles. Lui au moins, il ne passe pas son temps à soupirer contre la dureté du destin, la prospérité d'autrui ne l'a pas aigri. » J'étais plein de confiance en ses qualités, son amitié me dédommageait des déboires que m'avaient valu de précédentes relations. Quand je l'écoutais parler...

Allal Taleb a une mimique expressive :

— ...ma joie ne connaissait pas de bornes, tant ses raisonnements étaient avisés. Il me répétait fréquemment...

Il contrefait la voix et les gestes du personnage :

— ... « Dieu te garde, Allal Taleb. Ton métier de torréfacteur est une noble et sainte profession. » Mon

travail me permettait, déjà en ce temps-là, de vivre
largement. Mon savant ami s'en apercevait bien. Il
n'avait pas de famille, mais il ne manquait de rien ; je
le traitais comme un frère cadet. Je dois dire qu'il s'en
tirait à son honneur dans cette situation délicate. Il
acceptait sans façons ce que ma main lui offrait. Il était
si simple dans sa manière de recevoir que j'en pleurais
de reconnaissance... Et un beau matin, pas trace de mon
étudiant ! Il a disparu sans un mot d'avertissement !
Je l'ai amèrement regretté, je n'ai pas songé à l'ingra-
titude de sa conduite. Je l'ai oublié... Que le bon Dieu
le bénisse ! A quoi bon juger les gens ?...

Allal Taleb se prend à rêver. Enfin il ajoute :

— Du diable si je sais pourquoi je vous en parle !
Vous conviendrez que je suis une nature taillée pour
être satisfaite de tout ; vous ne sauriez imaginer homme
plus paisible, plus accommodant. Je manque seulement
d'instruction, non d'intelligence, Moukhtar Raï...

— Mon ami, fait celui-ci, pourquoi...

— Et alors ! Si personne ne m'encense, je m'en charge
moi-même. C'est quand même mieux que d'expliquer
les songes ou de médire du voisin ! Ainsi, du moins, je
n'aurai pas de gros péchés sur la conscience. N'est-ce
pas, *lalla* Razia ? Quoique je ne sois pas dépourvu d'une
certaine éloquence... je ne fais de tort à personne ! Il
me semble voir partout des anges !

Yamna se met à rire aux éclats.

— Ah ! Ah ! Allal, pour l'amour de Dieu !

## II

La flamme rouge brasille, hoquette, puis commence à
filer, luttant contre l'atmosphère étouffante de la chambre. A l'autre bout de la pièce, Bedra se retourne sur
le dos, écarquille avec peine les yeux. Elle n'a pas l'air
de reconnaître son mari qui vient d'allumer le quinquet.
Comme assommée, elle retombe aussitôt dans son sommeil, à côté de ses enfants.

Le pain qu'elle a pétri cette nuit attend d'être porté
au four. L'homme y imprime un doigt ; la pâte a levé.
Il grommelle :

— Il faut se hâter si on ne veut pas qu'elle tourne
à l'aigre.

Il ne perd pas son temps, charge les miches dans deux
caisses à pain qu'il va placer dans les chouaris (1) de
l'âne.

Bâté, prêt à partir, le Grison tape du sabot dans la

1. *Chouaris :* besace en alfa qu'on met sur le bât.

cour obscure de la ferme. Marhoum revient secouer sa femme qui, à nouveau, entrouvre les yeux. Il souffle alors la lampe et sort.

Dehors, les bêtes remuent dans le noir. Des volailles s'ébrouent, battent des ailes, hasardent des craquètements brefs. Des moutons bêlent doucement, comme en rêve.

Marhoum emmène l'âne hors de la maison. Se hissant dessus en amazone, après avoir pris pied sur une borne, il s'exclame à haute voix :

— Eria !

Il donne le branle par un balancement des jambes. Le Grison part.

La bête martèle le chemin de terre de ses petits sabots durs. Elle prend le sentier qui aboutit à la grand-route. Sous la fraîcheur perçante, une lueur incertaine d'avant l'aube tremble.

Peu après, une légère brise court à travers champs. Les dernières étoiles se noient dans une blancheur laiteuse ; le jour se met à poindre.

Sur la route, Marhoum est vite repoussé en bordure avec sa bête, assourdi, puis enveloppé de poussière par des camions, des jeeps de l'armée française, qui redescendent en trombe vers la ville. Ses yeux offrent un regard vide. Il ne veut pas voir les soldats qu'emportent les véhicules.

« Matériel américain, casques et uniformes américains, armes américaines, ceux-là n'ont-ils donc que leur peau à eux ? » se dit-il.

Juché sur sa monture, il songe, laissant l'animal

trottiner. La sérénité est revenue dans l'aube indécise.

La vue des soldats français lui rappelle le chahut de la veille. Il pouvait être dix heures du soir. il venait de se coucher ; Bedra vaquait aux derniers rangements. A ce moment, dans le lointain, retentirent des explosions dont la terre vibra. Aussitôt des mitrailleuses cacardèrent, toutes sortes d'armes répondirent et, en un instant, sous le ciel d'été, un feu roulant suspendit sa voûte grondante. Puis, aussi vite, ce fut l'effondrement. Le tir cessa d'un coup. Le silence parut se creuser comme un gouffre. Des balles isolées claquèrent encore, mais la nuit était retombée dans un calme de sépulcre.

Marhoum comprit sur-le-champ que les patriotes venaient de faire sauter la voie de chemin de fer.

Le jour se lève enfin, orange et bleu. Une clarté puissante envahit la campagne ; les terres demeurent muettes dans la lumière, sous le ciel pur. Des flux invisibles sillonnent l'air.

Peu à peu, du bétail commence à sortir. Des gens aussi ; leurs silhouettes se détachent confusément sur les cultures. Un oiseau, puis deux, filent très haut, à tire-d'aile, avec de faibles gazouillis.

Là-bas, sur les collines arides, où des nopals entourent les maisons en cubes des paysans, des taches claires glissent. Ce sont des fellahs couverts de tuniques en coton écru qui grattent la terre, si minuscules, se découpant avec une telle netteté dans l'atmosphère transparente, qu'on est tenté de les prendre pour des pierres ou des fleurs blanches, pour peu qu'ils demeurent un moment immobiles. A une plus grande distance, des aloès brandissent leurs lances dans la sécheresse ocrée des rocailles. A partir de là, ce n'est plus qu'une succession de montagnes massives, dénudées, d'un gris sombre.

D'autres paysans se rendent aussi à la ville sur de petits ânes, des montagnards qu'on reconnaît à leurs gellabas brunes. Les ouvriers agricoles, eux, en pantalons européens, vont à pied.

A tout instant, de nouveaux camions de l'armée française surgissent sur la route dans un roulement de tonnerre, et à fond de train dépassent Marhoum. A chacun de leurs passages, une bouffée de ressentiment se réveille dans son cœur.

Il se présente à l'entrée de la ville sous le soleil déjà haut. Il se heurte au barrage de chevaux de frise et de barbelés gardé par trois C.R.S. armés dont l'un, s'approchant, lui fait signe de s'arrêter.

— Descends.

Marhoum qui ne parle pas français a compris ; il se laisse glisser de l'âne.

— Lève les bras.

Le cultivateur s'exécute, calquant la mimique du C.R.S. sanglé dans son uniforme. Celui-ci lui explore le corps, s'attarde aux poches ; il avise ensuite le Grison, tâte le bât, fourrage dans les chouaris. Il montre les deux caisses à pain.

— Qu'est-ce que c'est ?

Marhoum soulève les abattants. Le Français regarde les miches juxtaposées dans chaque caisse.

— La carte.

Faisant retomber les abattants avec bruit, Marhoum donne ses papiers. Un vague sourire affleure dans ses yeux pendant que le C.R.S. examine sa carte d'identité, la tourne et retourne. Finalement, on la lui rend et, d'un mouvement de tête, on lui intime l'ordre de passer.

Les deux autres C.R.S. soumettent à la même investigation des Algériens qui sortent de la ville. Traversant le barrage, des Européens toisent ceux qu'on fouille et poursuivent leur chemin en riant entre eux.

— Eria ! s'écrie le cultivateur, remonté sur son âne.

Dans ses yeux bleus, très clairs, le même sourire flotte. Marhoum frise la quarantaine ; malgré cela, ses traits conservent une expression jeune. Tout rasé, il ne garde qu'une petite moustache. Les plis d'un cheich lui font une coiffe blanche ; il porte un paletot de coutil gris et une culotte bouffante de même tissu.

« L'homme algérien, pense-t-il, subit un contrôle chaque jour plus sévère, et pour peu qu'il leur paraisse être un ouvrier ou un paysan, les C.R.S., les policiers, l'Armée, s'acharnent sur lui. »

Il est obligé de faire des détours, la plupart des rues étant coupées par des barbelés. Entourées de portées piaillantes, des commères embarrassent la porte du four quand il y arrive. Il les écarte, pénètre dans l'énorme antre tout noir. Par terre, sur une planchette, il dépose deux miches de fleur de farine avec quatre galettes, grises et plates, d'orge.

Le Grison s'est éloigné pour se régaler d'ordures ménagères d'une porte de maison à l'autre. Marhoum le rattrape. D'une claque sur le col, il lui fait rebrousser chemin.

Au sortir de la ruelle, il stoppe ; un autre barrage étrangle le carrefour. Le même manège qu'à l'entrée de la ville se répète.

Le barrage passé, il n'a pas fini de parcourir cent mètres qu'il tombe sur une patrouille. Il doit sauter à terre une fois de plus et, bras en l'air, se ranger aux côtés de personnes déjà alignées face à un mur. Les soldats français pointent leurs armes sur eux par-derrière. La fouille recommence.

Libéré, Marhoum pousse le bourricot jusqu'au marché où une foule nerveuse se presse. L'angoisse empoigne les Européens depuis que les patriotes ont étendu leur champ d'action sur tout le pays, y compris les villes.

Devant l'épicerie d'Ahmed Fasla, il s'arrête sans descendre et appelle. Un homme qu'il ne connaît guère, en blouse de toile bise, paraît sur le seuil.

— Je... je ne t'ai jamais vu, s'étonne Marhoum. Donne-moi deux litres de pétrole ; il y en a qui s'en vont ! Prends le bidon, il est accroché derrière moi.

Sans répondre, le commerçant détache le bidon et rentre dans la boutique. La devanture dont chaque vitre porte une taie de poussière et de crasse ne permet pas d'en apercevoir l'intérieur. Au-dessus de la porte, sur une ancienne peinture vermillon, on lit en lettres noires, maigres : *Comestibles et Tabacs.*

L'homme revient, le récipient tendu à bout de bras.
— Voici.
— Où est Ahmed?
L'épicier d'occasion ne se décide pas à parler.
— Ne serait-il pas arrêté?
— Oui, murmure l'autre sèchement. Un père de six enfants!... Je suis son beau-frère.
— Quoi! Lui aussi?
Le boutiquier ne daigne ajouter mot, regarde ailleurs.
— Nous avons un neveu qui est arrêté aussi, reprend-il soudain d'une voix blanche. Je viens de l'apprendre. Nous ne savons pas où *ils* l'ont conduit.
Marhoum se tourne vers l'arrière-train du baudet pour rattacher le bidon de pétrole.
— Deux de chez nous, raconte-t-il en surveillant les passants du coin de l'œil, ont été abattus dans leur champ, il y a quatre jours. Ils repiquaient des semis. Trois autres ont été emmenés, après que leurs maisons eurent été saccagées...
Il finit par arrimer le bidon, fait face à l'épicier.
— Tu as entendu? Cette nuit...
— Cette nuit?... Oui, répond l'homme dans un souffle.
Marhoum paie et s'en va.
Bien qu'il soit encore assez tôt, la lumière commence à s'alourdir. L'air se fait plus ardent aussi. Le cultivateur se dirige vers le café Hadj Salem où les paysans ont coutume de se rencontrer et où il est sûr de trouver des connaissances. Il a une pensée pour Benali, l'aîné

23

de ses enfants, qui a rejoint l'insurrection. Lui au moins, *ils* ne l'auront pas, ou alors *ils* paieront cher... Il n'achève pas sa pensée.

Une nuit, un groupe de combattants s'arrêta au village ; plusieurs habitants les hébergèrent. Eux partis, Benali avait disparu aussi. Bedra se mit à crier :

— Mon fils ! Mon fils !

— Tais-toi ! ordonna son mari.

Aussitôt elle renfonça ses pleurs et posa sur son homme un regard grave.

Ils ne reparlèrent plus, ni lui ni elle, de Benali.

— Dieu l'ait en sa sainte garde, se borne-t-elle à implorer quand elle se trouve toute seule.

L'armée française vint ratisser quelques jours après. Tout ce qui restait de jeunesse prit alors la montagne.

Marhoum est encore tout stupéfait de n'avoir pas été tué ou fait prisonnier avec les cultivateurs, ses voisins.

Au café Hadj Salem on peut échanger des nouvelles : des commissionnaires, des marchands et des courtiers en tout y tiennent quartier. Comme chaque matin, il y a cohue à l'intérieur. Plutôt que sur la terrasse moins encombrée, Marhoum préfère s'attabler dans la salle. Les serveurs qui connaissent les façons des clients ne viennent prendre commande que si on les appelle ; ils le laissent en paix. Promenant ses regards autour de lui, le cultivateur observe le monde. Le café ronfle de toutes les conversations ; un bruit confus de tables heurtées, de voix, de semelles raclant le sol, couvre jusqu'aux pensées du solitaire. Il attend, espérant qu'un visage de connaissance se fasse voir.

Une demi-heure passe : personne.

Il se lève sans avoir consommé. Il salue évasivement de côté et d'autre, s'en va dans la rue où l'accueille un incessant mouvement.

Son bourricot, qu'il a entravé, il le découvre en train de mordiller l'écorce d'un arbre.

# III

S'appuyant sur une canne, c'est un grand vieillard qui descend vers les bas quartiers. Il ne marche pas comme un homme affairé. Il n'a pas l'air de flâner non plus. Un but dont lui-même ne doit pas être sûr semble l'attirer. Il est vêtu avec un soin extrême : un haïk et un burnous blancs enveloppent son corps, une gaze, blanche aussi, encadre son visage aux traits forts, figés par l'âge.

De tous les flots de gens, de bruits et d'odeurs que brasse la ville, les plus troubles aboutissent ici. Sans fin, colporteurs, marchandes de galettes, mendiants criards, empruntent dans un sens ou dans l'autre ces rues bordées d'échoppes et d'éventaires. Le vieil homme est pris d'étourdissement. Le malaise qu'il redoutait à mesure qu'il avançait à travers cette foule, fond sur lui, désempare son âme.

Baba Allal parvient jusqu'à la Porte Boumédine et s'arrête. Le soleil l'aveugle. En plein vent, des rapiéceurs de savates ravaudent ; un monde de fripiers trafique à l'entour. Des chalands, hommes et femmes du peuple, vaguent d'un air circonspect, dans cette foire aux puces. Ils marchandent patiemment. Après un moment, alors qu'on les croit sur le point de faire affaire, ils portent leurs pas plus loin. Des vagabonds hirsutes rôdent entre les groupes.

L'agitation de Baba Allal augmente au souvenir de l'individu qui, très tôt, ce matin, vint frapper à sa porte. Ses coups n'étaient pas forts : eût-on été au milieu du jour, nul ne les aurait entendus. Baba Allal les perçut néanmoins. Ils avaient quelque chose d'insolite. Par chance, personne n'était réveillé dans la maison : ce fut donc lui qui ouvrit. Il se trouva nez à nez avec cet étranger.

— Baba Allal ? demanda celui-ci.

— Oui, qu'est-ce...

— Sois tranquille au sujet de ton fils.

— Qui es-tu ?

— Connais-tu Selka ? Va le voir.

— Est-ce que tu viens de la part de mon fils ?

L'homme s'était éclipsé déjà. Le vieillard fut saisi d'un tremblement.

Envolé un beau jour, il y aurait bientôt six mois, Hemida ne donnait pas signe de vie. Baba Allal n'autorisait plus que le nom de son fils fût prononcé en sa présence : Hemida avait méconnu l'autorité paternelle. Si l'on était venu lui annoncer que le garçon était mort, il n'aurait pas bronché.

Il croyait avoir banni de sa pensée le rebelle. La
visite de l'inconnu, d'un coup, le détermina à sortir.
Il tenait à voir ce Selka. Sans savoir du reste ce qu'il
allait lui dire, ni ce qui allait se produire.

Il s'est informé d'abord ; l'homme Selka, forgeron
de son état, possède une baraque à la Porte Boumédine.
Baba Allal en a été surpris. Un forgeron ! Mais à quoi
bon s'étonner aujourd'hui de quoi que ce soit. Lui,
vieux comme il est, ce chaos lui est incompréhensible ;
il achève ses jours dans l'hostilité des uns contre les
autres, la suspicion de tous envers tous. Ces drôles qui
se révoltent, sa raison lui dit qu'ils ont tort... Qu'ils
sont sans jugement. Rien de bon ni d'honnête ne peut
venir d'eux. Quant à son fils, il ne le lui pardonne pas.
Il ne croit pas, non, aux bonnes dispositions de ce
peuple. Il est plutôt disposé à croire à son aveuglement.
Ah ! comme Hemida l'afflige ! S'il savait l'amertume
dont il abreuve son cœur de vieillard... Il en aurait
honte ! Dans son besoin d'être renseigné, lui, Baba Allal,
en est à affronter la foule de ces rues. Voilà !

Emporté par le triste cours de ses pensées, sans être
inquiété par les C.R.S., il franchit encore un barrage.
Il s'irrite en fendant la multitude de sa canne brandie.
Des gens occupés à ne rien faire et qui se plaisent à
barrer tout passage !

Des ânes doux mais obstinés, irrévérencieusement,
l'entraînent. Derrière eux, surgissent des personnages
excités qui le bousculent à leur tour sans un mot
d'excuse.

Tout à coup, des autos-chenilles surviennent dans un abominable heurt de ferraille, enfonçant leur groin dans la cohue. Il y a de l'affolement. Baba Allal manque d'être jeté à terre et piétiné.

Les monstres de métal hors de vue, la foule réoccupe avec un docile moutonnement la tranchée qu'ils ont ouverte. Des gosses en haillons jaillissent de cette marée : les joues creuses, ils lancent des regards de loups. Le vieillard demeure sans pensée, fébrile. L'éclat du soleil, le tohu-bohu, jouent dans sa tête. Il lève la main gauche en écran devant ses yeux, tente de reprendre sa marche ; il ne le peut. Il se fait violence : une faiblesse invincible le cloue sur place. Le fleuve humain s'écoule, intarissable.

A quelques pas, avec des gestes de démiurges, des conteurs récitent des légendes. A côté d'eux, des diseuses de bonne aventure, filles du Sud aux yeux câlins, adressent des signes aux passants. De tout cela, montent des odeurs fauves, des relents de graisse brûlée. Une rumeur faite de mille cris, de mille appels, d'insultes, de chants monotones, enfièvre l'air. A tue-tête, un crieur public annonce on ne sait quoi, que personne ne comprend. Plus loin, un homme à figure rouge, congestionné, bat des mains, secoue frénétiquement sa tête enturbannée. Sa physionomie change à chaque instant d'expression : étonnée, indignée, puis enthousiaste, grave. Il ne se lasse pas de discourir, sa harangue sonne clair par-dessus le brouhaha.

— Venez, mes amis ! On vous dira la vérité sur vos

maladies ! On vous ordonnera des remèdes efficaces pour tout ce qui vous fait souffrir ! Approchez !

À ses pieds, exposés en petits tas, sur une toile étendue par terre, des plantes médicinales, des graines, des minéraux, des poudres colorées, des cadavres desséchés de reptiles, des dents d'animaux. Tout un déballage inutile : l'homme entretient des sourds. On le coudoie mais ne prête pas attention à sa faconde ou à ses simagrées et il n'en paraît nullement affecté.

Baba Allal l'observe depuis quelques minutes, intrigué par cette profusion de paroles. Il en oublie son malaise.

Brusquement l'image de son enfant refait irruption parmi ses pensées. Une douleur vrillante le traverse. Cet homme qui ne tolère pas que les sentiments communs parlent haut ne parvient plus à juguler ceux qui le submergent.

Hemida est celui de ses fils que rien ne décourage. De lui, la jeunesse rayonne comme une lumière. On voit quantité de jeunes gens plus ennuyés de vivre que s'ils avaient cent ans. Lui n'en est pas. Tandis que ses frères ne sont préoccupés que du désir de paraître et de ne pas faire oublier leur condition, Hemida agit selon une loi droite. Il a confiance en la vie, il est sans orgueil...

Le vieil homme se remet à cheminer précautionneusement.

# IV

— Qu'un gars comme le tien se trouve *là-bas*, bah !
il n'y perd pas !

— C'est vrai, mais...

Le rire du forgeron lui coupe la parole.

— C'est vrai, répète Baba Allal aigrement, mais il
est certain que tout ça finira mal...

Selka s'esclaffe de plus belle. Son rire plein, véritable
bruit de tonneau qui roule sur des pavés, lui secoue le
ventre.

— Du moins, je le crois, grommelle Baba Allal.

Du revers de la main, Selka rejette sur sa nuque la
chéchia graisseuse qu'il porte sur ses cheveux gris,
crépus. Il s'arrête de rire, considère son interlocuteur
en fermant l'œil gauche.

— Ça finira mal ? Je te dirai poliment : retourne
chez toi et sois tranquille.

Ses moustaches ébouriffées tremblent. Petit de taille
mais bâti en colosse, ce diable tout poudré de noir, au

visage écrasé, se carre devant le vieil homme. Son expression semble exagérément sévère, à présent.

Derrière Selka, l'atelier retentit de l'activité des compagnons. L'un empoigne de longues pinces qui mordent une barre de métal chauffée à blanc, et deux aides appliquent des coups de masse sur le fer ramolli. Là-dedans, chaque chose s'enrobe de poussier mais le soleil fait chanter toute cette noirceur, rire les yeux, fardés comme au khol, des ouvriers. La seule tache claire : le foyer.

Le martelage cessant après quelques secondes, le bout de fer est jeté dans un baquet. L'eau crache comme si elle protestait, puis finit par se calmer.

— Il est avec les enfants de son pays, continue le forgeron. Il n'y a plus de force capable de les retenir.

Baba Allal s'emporte :

— Et s'il mourait ?

Il a poussé ce cri, il regarde intensément Selka. On dirait qu'il a perdu et retrouvé sa raison en l'espace d'une seconde.

— Il n'aurait pas vécu pour rien, gronde le diable noir.

— C'est de la folie...

Baba Allal a la sensation d'être enfermé dans une prison où il tourne en rond.

— Ils sont comme ça, les gosses d'aujourd'hui. Pour eux, la vie n'est pas une plaisanterie, poursuit Selka.

Mais le vieil homme en a assez, de ces paroles... Il est las d'entendre la même chose, partout. Il se tait.

Lui et le forgeron se tiennent sur la chaussée, près de l'inextricable amoncellement de ferraille rouillée, de barres, de cercles, de socs, qui encombre le trottoir. Baba Allal contemple tout cela tristement. Un étonnement chagrin se lit dans ses yeux.

— Voilà, dit-il à la fin, et une expression de douloureuse absence s'imprime sur ses traits.

— Y avait-il du bien en lui, *avant ?* demande Selka.

Le vieillard acquiesce d'un balancement de la tête.

— Il donne ce qu'on attendait de lui, murmure le forgeron.

Baba Allal ferme les paupières. Des rides de souffrance, plus dures que les autres, se creusent dans la peau fripée et jaune de son visage.

— Nos plus profondes aspirations ont mûri chez nos enfants. Elles se sont épanouies. C'est tout.

Après ces mots, Selka réfléchit, puis cet homme rude dit encore :

— C'est tout...

Mais il reprend, comme s'il n'avait pas exprimé toute sa pensée :

— Notre vie d'hier nous semble déjà stupide. Qu'est-ce que ça sera dans cent ans ! S'il y a quelqu'un pour se rappeler encore que nous avons existé...

« Un tel homme, avoir de pareilles pensées ! » se dit Baba Allal. L'odeur de l'anthracite, du fer et de la corne grillée, l'indispose et l'agace. Il pousse un soupir de résignation.

— Quand on vous écoute, on vous croit... Bien sûr, c'est toujours vous qui avez raison !...

Il hoche amèrement la tête, voit s'approcher un cultivateur qui tire un âne par sa longe. Il prend congé de Selka.

« Qu'importe, l'homme a l'air bon », pense-t-il malgré sa détresse.

## V

Point noir au milieu de la campagne incandescente,
le Grison portant son maître trotte mais ne paraît pas
avancer. Peu après avoir quitté Selka, Marhoum a pris
le chemin du retour. Il est près de midi. L'air sent le
roussi ; des fleuves indolents de chaleur roulent sur les
terres alourdies de sommeil. La vie qu'avait réveillée
la fraîcheur du matin ne continue plus qu'à contre-
cœur. Le ciel déborde d'une lumière blanche et trouble.

Indifférent à l'haleine de fournaise que souffle la
plaine, Marhoum, le dos rond, somnole sur sa bête.
A vrai dire, un travail intense, difficile à traduire en
clair, s'accomplit en lui. Depuis un certain temps, ses
responsabilités se sont accrues. Son fils n'était parti que
de quelques semaines, quand des émissaires ont commencé à venir le voir. A leur demande, il a accepté
d'organiser le ravitaillement des patriotes armés, de
leur aménager des abris. Ils tenaient plusieurs points

déjà dans les montagnes de la contrée. Marhoum a travaillé avec l'aide des autres paysans...

Ensuite il est devenu l'un des juges clandestins qui
arbitrent les affaires de cette zone. A présent, les gens
délaissent de plus en plus le tribunal colonial pour faire
appel à la justice des leurs. Au village, par surcroît, il
veille sur les familles de combattants sans soutien ou
que la répression a frappées. Il a la délicate tâche de
distribuer des fonds de secours.

Enfoncés sous leurs arcades, ses yeux bleus ont un
éclat fixe. Dans l'immense flamboiement, couchés à
perte de vue, les champs vibrent. Marhoum plisse les
paupières pour scruter les lointains. Le crissement des
cigales résonne comme la respiration haletante de la
terre. Le problème consiste à consolider. Etendre.

Chez lui, bien faire, c'est un besoin. Aussi s'est-il
attelé à la tâche avec passion. Avant —- et un passé de
pesant ennui remonte en lui — une année s'écoulait
comme l'autre. il vivait à l'écart de tout et le remar-
quait à peine. Ses journées constamment trop remplies,
ne l'étaient que par de petites besognes, lesquelles, loin
de le rapprocher des autres hommes, creusaient d'in-
soupçonnables abîmes entre lui et eux. Cela, il ne le
comprend qu'aujourd'hui. Il s'étonne du chemin accompli. Il ne sait même plus comment ça s'est fait. Etrange,
cette impression qu'il éprouve depuis que ses nouvelles
activités l'ont arraché au cercle étroit où il tournait en

rond. Il se sent revivre ; tout redevient simple. A-t-il
dormi durant ce temps-là ou vivoté à feu réduit ?

Il a une expression toute drôle : il sourit à ses
pensées. Il en apprend long sur lui-même !

A main gauche, s'étagent plusieurs collines. De simples mamelons qui prolongent la plaine, les premières
sont couvertes de cultures et d'arbres ; les suivantes,
un peu plus hautes, ne portent qu'une végétation
rabougrie. Quant aux dernières, elles se confondent
avec des montagnes d'aspect farouche : elles sont toutes
chauves, on ne voit pas même un oiseau les survolant.
Le soleil écrase ces altitudes pierreuses.

Parmi les collines, une poignée de maisons s'égaille
à la débandade. Ces maisons sont basses, sans autre
ouverture sur la campagne qu'un portail. Marhoum
habite l'une d'elles avec sa femme et ses quatre
enfants, — plus que trois, à présent. Ils vivent là, sur
une terre accrochée au flanc d'un escarpement. Quelques oliviers échevelés, quelques figuiers, avec du blé
dur, de l'orge, de l'avoine, y poussent. La famille en
tire une subsistance frugale mais suffisante. Parents et
enfants ont du pain toute l'année !

De l'autre côté de la route, à main droite, commen-
cent aussitôt les vignobles, biens de colons. En rangs
de verdure cuivrée, les ceps s'en vont toucher les
confins de la plaine.

Marhoum s'engage dans la sente qui grimpe ces
pentes. Du coup, la végétation se fait plus rare, le sol

plus jaune et plus rocailleux. Une invisible frontière sépare ces terres-ci du bas pays perdu dans une sombre verdure. Gravissant l'étroit sentier, l'âne enfonce ses sabots dans la poussière qui en amortit les claquements. Au bord du chemin, des cactus brandissent leurs moignons dans l'air torride. Des plantes sèches craquent au vent.

A un détour, piqué sur un champ en terrasse, et le dominant, un paysan se montre. Court sur pattes, homme d'au moins soixante-dix ans, il est vêtu d'une tunique de coton poudrée de terre rouge ; des manches, les bras pendent ainsi que deux branches de chêne. Une barbe blanche qui noie ses traits recuits lui rentre presque dans les yeux que des sourcils noirs abritent. Le paysan reste planté au bord du champ. Son visage exprime la naïveté mais ses yeux, qui s'ouvrent sur une âme simple, sont chargés de tristesse.

Marhoum le plaint en son for intérieur. Les deux hommes tués à bout portant la semaine précédente étaient les fils de ce vieux paysan.

— Dieu te vienne en aide, *ba* Sahli, lui lance le cultivateur d'une distance de plusieurs pas.

Il arrête son âne. Des figuiers remuent insensiblement au-dessus d'eux leurs mains vert d'eau ; l'odeur de leur lait amer râpe l'air.

— Bénis soient tes aïeux, marmotte le vieux.

Cela lui a échappé comme un jappement ; Marhoum a moins compris que deviné ces paroles. *Ba* Sahli demeure enraciné, sans un mouvement, au même endroit. Marhoum passe son chemin.

Arrivé à la maison, avant de descendre de sa bête :

— Sais-tu, femme ? Ma sœur Khéda va venir ! annonce-t-il.

Sa figure flamboie. Le ciel embrasé, d'un extraordinaire blanc, déverse du feu dans la cour.

— Pourquoi restes-tu perché sur ton bourricot ? Pose le pied par terre. Ensuite parle-moi ! réplique Bedra. Quand va-t-elle venir ?

Il met le pied à terre comme sa femme le voulait. Aidé par elle il enlève les deux caisses à pain, tire à lui les chouaris, qui s'affaissent mollement sur le sol. Puis il débâte l'animal qu'il renvoie d'une bourrade vers la sortie. Le Grison, en liberté, franchit la porte de la maison par une vieille habitude, et se rend aux champs.

La maison proprement badigeonnée à la chaux bleue est protégée par une vigne vigoureuse. Bedra se réfugie sous la treille, à l'abri du soleil.

— Quand donc va-t-elle venir ? Dis-le-moi ; ne me laisse pas sur des braises.

— Demain, fait le mari, qui la surveillait du coin de l'œil, amusé.

— Alors il faudra acheter de la viande !

Dos courbé, Marhoum continue de déballer ce qu'il a apporté de la ville.

— L'épicier... Ahmed, je ne l'ai pas trouvé, figure-toi, reprend-il. En prison, lui aussi. Son beau-frère tient la boutique à sa place.

— Qu'est-ce que cette peste qui ravage le monde !

Le mari a fini de vider ses emplettes par terre ; il se redresse. Bedra a blêmi, ses lèvres frémissent. Elle paraît prête à éclater en malédictions. Il pose sur elle un regard dont elle comprend le blâme. Tremblante, elle ravale sa colère.

## VI

— Qu'est-ce que tu dis, ma petite ?

— J'enverrai demain ma demande pour un poste d'institutrice...

Moukhtar Raï somnolait sur sa chaise, accablé par la chaleur. Il se redresse.

— Zakya, j'ai repensé à tout ça. Il vaudrait mieux attendre un peu.

Baissant les yeux, la jeune fille objecte :

— Il y a quelques jours seulement que tu...

— Que je t'en parlais ? Oui, je le sais. Mais, maintenant, tout change...

— Oh ! papa... Tu voulais tant que je sois une institutrice ! J'aimerais l'être, moi aussi. Ce serait tellement... intéressant !

— Ma petite fille, voyons, réfléchis bien : à quoi te servirait-t-il d'être institutrice, dis-moi ?

La vieille M<sup>me</sup> Raï, qui était assoupie, lève la tête, les observe. Mais dès qu'on est sur le point de le remarquer, elle fait mine de dormir.

Le silence se reforme dans le patio. La nuit pèse ainsi qu'un gros édredon ; l'eau murmure au fond du jardin sans apporter de fraîcheur.

— A quoi me sert mon baccalauréat, à présent ? se demande Zakya tout bas. Pourquoi avoir fait de si nombreuses années d'études ? Est-ce pour en arriver là, pour faire comme si tout ça n'avait pas eu lieu ? Je ne comprends pas...

— Zakya, tu n'es pas raisonnable, dit Moukhtar Raï. Tu sais bien que...

Les larmes montent aux yeux de la jeune fille.

— Si c'est pour finir comme toutes les autres, pourquoi avoir tant travaillé ?

Elle lève le regard sur son père.

— Et moi qui me croyais une jeune fille différente des autres !...

— Tu sais bien que... ce n'est pas possible.

La grand-mère se réveille brusquement.

— Pourquoi te crois-tu différente des autres, ma fille ? Pour une lettre et demie que tu connais ? Pff ! Tu es comme tout le monde, tu es comme toutes les jeunes filles de notre milieu : tu ne te comporteras pas, toi seule, différemment. Institutrice !

— Je croyais qu'une destinée à part m'était réservée, j'avais d'autres idées ; mais je me trompais, mon sort sera celui de toutes mes sœurs. Pareilles à elles, je serai traitée comme une poupée, je n'aurai ni liberté ni...

— Zakya, prends garde ! crie la vieille dame. Comment oses-tu parler de la sorte devant ton père ? Serais-tu devenue une sans-honte, toi aussi ?... Si tu as tes idées, tu feras bien de les garder pour toi ! Un mari, voilà ce qu'il te faut !

Zakya réplique avec douceur :

— C'est tout ce qui vous intéresse, vous.

— Veux-tu ne pas parler comme une dévergondée ? Tu passes les bornes ! N'abuse pas de la patience et de la bonté de ton père... A sa place, je ne sais pas ce que j'aurais fait déjà !

Entre ses ·dents, la grand-mère mâchonne :

— Du reste, il est trop indulgent... C'est de sa faute, si sa fille en est là !

— Maman, voyons, observe Moukhtar Raï.

— Ah ! non, mon cher ! Tu ne vas pas prendre sa défense contre ta mère ! Tu vois où vous conduit votre folie des études : nous manquer de respect, à nous, qui vous avons mis au monde ! Que ton beau-frère soit toujours cité en bien ! Il a raison de dire que c'est le propre de la génération actuelle de renier tout ce que les générations précédentes entouraient de vénération ! Ah ! quel monde ! Vous pouvez m'en croire, l'instruction vous rend pires que vous n'êtes naturellement ! Oui, puisque tu as voulu parler, laisse-moi te le dire. Mais à toi, maintenant, de récolter ce que tu as semé !

— Advienne que pourra... soupire Zakya.

— Oh ! tu me fatigues avec tes airs de martyre ! fait la vieille femme, de plus en plus irritée. Advienne que pourra ? On dirait qu'on te mène à l'abattoir, ma parole, parce qu'on veut te marier ! Qui est-ce qui m'a fichu une oie pareille ! On n'a jamais vu ça ! D'ailleurs, avec ta mine d'ange, tu n'es qu'une sans-honte ! Je te l'ai déjà dit et je te le répète !

— Maman, ne t'énerve pas, essaye d'intervenir Moukhtar Raï ; c'est une affaire...

— Moi ? Je ne m'énerve pas du tout ! Je suis très calme ! Où prends-tu que je m'énerve ?

— C'est une affaire à présent...

— M'énerver ! M'énerver !

De dépit, sa mère se rendort. Moukhtar Raï pousse un soupir, se radosse à sa chaise.

Ni lui ni sa fille ne disent plus rien. Depuis quelques instants, ils ruminent leurs pensées.

La jeune fille finit par soupirer :

— Quelle chaleur... On étouffe.

Elle lève les yeux au ciel.

— Pas un souffle d'air.

Dérangé dans sa méditation, Moukhtar Raï interroge :

— Hein, qu'est-ce que tu dis ?

— Il fait chaud...

— Je te crois, et cette lumière vous donne encore plus chaud, ma parole !

Yamna. bent Taleb qui apparaît sur le seuil d'une pièce, lui demande :

— Veux-tu que j'éteigne ici ?

Moukhtar Raï tourne la tête de son côté et lui fait signe que oui. Elle éteint dans la cour.

Elle va ensuite s'asseoir sur une chaise. Se tenant droite, elle sourit vaguement.

La servante Rahma arrive avec un plateau de cuivre qu'elle dépose sur la table, devant sa maîtresse. Celle-ci se rapproche avec sa chaise, prend la théière et commence à remplir les verres. Rahma se retire sans bruit.

Yamna pose un verre de thé devant son mari. A ce moment, Zakya annonce :

— Je vais me coucher.

Elle se lève.

— Prends ton thé avant, dit Yamna. Il est trop tôt : reste un peu avec nous, ce soir. Tiens, donne à ta grand-mère.

Elle tend un verre à Zakya. La jeune fille le porte à M$^{me}$ Raï qui relève la tête et se met à siroter son thé bruyamment. Zakya reçoit aussi un verre et retourne s'asseoir à sa place.

Yamna se sert enfin. Elle boit quelques gorgées, puis pose son verre, considère sa fille.

— Tu n'as pas bonne mine. Il me semble que tu lis beaucoup trop, ma petite. Tu finiras par t'abîmer la vue, si tu n'y prends garde.

— Ah ! et puis il y a de quoi être malade, avec cette chaleur ! déclare Moukhtar Raï intempestivement.

Yamna pose ses regards sur lui.

— Il s'agit d'autre chose.

— Comment ? De quelles choses s'agit-il ?

— Elle... Je lui dis de ménager ses yeux...

Moukhtar Raï, entendant sa mère ronfler, murmure :

— Elle ronfle.

Yamna jette un coup d'œil à sa fille, qui la comprend, se soulève un peu, prend doucement des mains de la vieille femme le verre, qu'elle remet à sa mère.

— Maman, maman, tu devrais aller te coucher, dit tout haut Moukhtar Raï.

M^me Raï se réveille en sursaut.

— Quoi ? Qu'est-ce que tu dis ? Je n'ai pas sommeil, mon cher ! Pourquoi veux-tu m'envoyer au lit déjà ?

A cet instant, des coups sont frappés à la porte extérieure de la maison : Moukhtar Raï, sa femme et Zakya regardent vers le jardin. Lui tire sa montre, la consulte.

— C'est ton frère. Oh ! Oh ! Dix heures moins dix. Que lui est-il arrivé pour être ainsi en retard ?

Il va au jardin, qu'il traverse ; on entend le bruit d'une porte qui s'ouvre, et une voix d'homme, enjouée, dit :

— ... En passant, mon ami, oui, oui, en passant.

— Voyons, entrez d'abord ! Que diable ! répond Moukhtar Raï.

— En passant seulement.

— Vous n'êtes pas à l'heure, pour une fois.

Allal Taleb entre par le jardin, suivi de Moukhtar Raï.

— Oui, en passant, ma sœur ! Comment vas-tu ?

— Seulement en passant ? questionne Yamna, qui se prend à rire.

Elle se lève et baise l'épaule de son frère. Allal lui touche la tête des mains et porte le bout des doigts à ses lèvres.

48

— Ce soir, je le jure, je ne resterai pas plus de quelques minutes, J'ai des tas d'af... Oh! *lalla* Razia, vous êtes là ? Dieu m'est témoin, je suis content de vous voir !

Il s'incline devant elle.

— Donnez-moi votre bénédiction, que Dieu vous donne biens et santé...

— Dieu te donne biens et santé, petit père. L'âge n'est pas une fameuse chose...

Pendant qu'elle prononce ces paroles, Allal se retourne et voit sa nièce.

— Zakya, ma douce, tu ne t'es pas couchée ! Dieu soit loué ! C'est gentil, ça !...

— On a raison de dire qu'il engendre tous les maux ! achève la vieille dame.

— Il reste encore du thé ; vous en prendrez un verre... propose Moukhtar Raï.

Zakya embrasse son oncle sur les deux joues ; Moukhtar Raï et sa femme regagnent leurs places respectives. Allal Taleb, qui n'a pas compris les paroles de son beau-frère, lui répond :

— Permettez, mon cher, je veux m'asseoir près de *lalla* Razia. Je n'échangerai pas cette place contre un empire !

Il s'assied à côté de la vieille dame. Sa sœur lui porte un verre de thé.

— Les anges te protègent. Par une nuit si chaude, ma petite nièce fait bien de rester un peu avec nous.

Il regarde Zakya avec un bon sourire dans les yeux.

— Ah mais ! déclare la grand-mère. Ils voulaient me faire coucher, moi !

Après un moment de silence pensif, Allal Taleb dit :

— Aujourd'hui, nous avons accompagné Ben Merzouk, le marchand de tissus, à sa dernière demeure. Qu'il repose en paix...

— On raconte qu'il a eu une mort admirable, dit Moukhtar Raï, une mort de saint...

— C'était un homme de bien !

Et, avec un hochement de tête, Allal ajoute :

— On était venu perquisitionner chez lui à cause du fils qu'il a dans la *montagne* ; ils en ont été bouleversés, lui et sa femme. Des gens comme eux, misère ! Ce n'est pas croyable !... Le choc lui a été fatal...

— Dieu le prenne et nous prenne en pitié ! marmotte M$^{me}$ Raï.

Allal Taleb reprend à mi-voix :

— Souviens-toi qu'il y a la mort, mon cœur, et tu retrouveras le repos. La pensée de la mort n'est pas quelque chose de triste ou de désespéré. Au contraire, elle remet chaque chose à sa place. Elle éclaire notre existence d'une lumière de bonté, et de je ne sais quoi encore d'infiniment doux. Qu'on ne confonde pas ce sentiment avec ce qu'on appelle la résignation. Qu'on ne le prenne pas pour une sorte de commisération égoïste sur soi. Non, c'est autre chose... Une activité entreprise dans l'ignorance de la mort nous consume tel un feu dévorant et fait de notre cœur un tison qui ne peut s'embraser ni s'éteindre...

— Qu'est-ce que nous sommes ? Rien ! s'exclame Yamna.

— Tout est dans la volonté divine, ma sœur. Il n'est pas au pouvoir de l'homme de discuter l'œuvre de Dieu. N'oublions pas que son univers est équilibre. Une juste et rigoureuse hiérarchie en détermine la structure. Le bonheur, don de la Providence, et le malheur, don aussi de la Providence, sont dispensés suivant le même ordre. Et cet ordre, rien ne peut le troubler. Chacun de nous y a sa place. Notre devoir lui-même découle sans heurt et tout naturellement de cet agencement de l'univers, l'un assurant à l'autre sa pérennité !

— Permettez-moi, Allal Taleb, permettez-moi : nous ne sommes pas près de comprendre cela... Et nous ne le comprendrons jamais !

— Peut-être ! Sûrement même. Mais ce qui est certain, selon mon faible entendement, c'est que Dieu nous ordonne d'aller vers la perfection, même si nous ne devions jamais l'atteindre.

— Les gens, chez nous, n'ont que des principes ! Pour le reste, ils ne valent rien. Et que valent des principes dont on ne fait pas un bon usage, je vous prie ? Quand la nature de l'homme est mauvaise, les principes eux-mêmes se corrompent, leur véritable sens se dénature, ils deviennent un bandeau sur les yeux des individus.

— Vous avez certainement raison, Moukhtar Raï ; moi, je manque d'instruction, mais je...

— Raison ? Mais bien sûr !

Les deux hommes entendent la forte et régulière respiration de M^me Raï qui dort. Ils la regardent, puis l'un comme l'autre ils se mettent à parler plus bas.

— Moukhtar Raï, je comprends très bien ce que vous voulez dire... Tenez, ça me rappelle la mésaventure que j'ai eue, dans le temps, avec un étudiant en théologie... Ah! si vous sa...

— Voyons, mon frère, intervient Yamna, tu nous la racontais encore pas plus tard que...

— Oui? Comment est-ce possible?... Ah! Oh! Ça me revient! Tu as parfaitement raison! Où ai-je la tête?

Allal Taleb se donne une petite tape sur le front.

— Ce que c'est tout de même que d'avoir à penser à des tas d'affaires!... Mais vous n'en connaissez pas la suite, j'en suis sûr.

— Eh bien, raconte-la, Allal; c'est avec plaisir que nous...

— Je vous ai dit, il me semble, comme j'avais pris ce garçon en estime pour ses manières décentes, son esprit, son savoir...

Sortant brusquement de son sommeil, M^me Raï l'interrompt net:

— Fils, ta parole m'est agréable. Je resterais volontiers toute la nuit à t'écouter, seulement je suis un peu fatiguée; tu me pardonneras si je vais me coucher.

Elle se soulève avec effort; Allal Taleb lui donne la main pour l'aider.

— Il n'y a pas de mal, *lalla* Razia. C'est moi, malappris que je suis, qui vous lasse avec mon bavardage. Je vous en demande pardon. Donnez-moi votre bénédiction !

Se tenant les reins de sa main libre, le dos courbé, la vieille dame avance en gémissant :

— Aïe ! Aïe !

Allal Taleb la reconduit jusqu'à sa chambre.

— Béni soit votre sommeil, *lalla* Razia !

Il revient s'asseoir et poursuit :

— Je le traitais comme un frère cadet et le comblais... autant que mes moyens me le permettaient. D'ailleurs, je ne faisais que mon devoir en agissant ainsi ; n'est-il pas dit : « Accomplis le bien, tu le retrouveras » ? Or, figurez-vous qu'un beau jour un malin esprit s'empare de lui et il disparaît sans laisser de traces ! Quant à moi, croyez-moi si vous le voulez, je l'ai amèrement regretté... Puis le temps passe, les années s'ajoutent aux années. Je l'avais déjà tout à fait oublié, et je me trouvais certain jour dans un café avec de vieilles connaissances...

Allal cesse de parler, réfléchit, puis il sourit :

— Là-dessus arrive un personnage imposant, avec quelque chose de distingué dans l'allure, d'aristocratique même, le visage prospère et orné d'une belle barbe...

Il fait mine de se lisser une barbe imaginaire.

— Il salue mes amis, me salue aussi, et avant que je ne le reconnaisse, il m'apostrophe : « Eh, brûleur de café, me voilà de nouveau dans vos murs !... » Pauvre de moi : quel dédain dans sa voix ! Mais je suis plus

surpris qu'offensé de voir ce personnage me parler avec
une telle familiarité. Et qui est-ce que je reconnais
soudain ? Mon ami ! Mon ancien ami, l'étudiant ! Mais
tellement changé ! Si changé, je vous assure, que je ne
l'ai pas remis du premier coup, moi qui l'avais nourri
pour Dieu et mes parents défunts, des années durant !
Quelle allure ! Quelle importance ! A faire pâlir d'envie
un cadi ! Il n'était plus question de le traiter en simple
protégé, comme autrefois... Il ne tarde pas d'ailleurs à
nous quitter, me laissant pour ma part sous le coup
d'une singulière impression.

Allal Taleb se met à songer.

— Après son départ, mes compagnons, mieux rensei-
gnés que moi, m'ont conté les aventures de l'ancien
étudiant en théologie. Ayant accompli un voyage qui
l'avait mené jusqu'à la capitale, après m'avoir quitté,
il connut bien des difficultés. Puis il fut pris comme
précepteur par une riche veuve qu'attiraient les sciences
divines. La dame était plus âgée que lui. Il se révéla un
maître si éloquent qu'elle n'eut point de cesse qu'il
n'acceptât ses biens. Elle n'agissait ainsi que pour la glo-
rification de la foi que le jeune homme avait su lui insuf-
fler. Elle y mettait une condition, certes : que son précepteur l'épousât. Lui s'inclina, ne voyant que la
grandeur du sacrifice. Une fois la fortune tombée
entre ses mains, il s'installa comme marchand de soie-
ries... Et nul ne fut plus habile que lui, paraît-il, à
filouter les femmes d'Alger.

Et Allal conclut en souriant :

— Lui devenu voleur, moi je n'étais plus qu'un brûleur de café !...

Prise d'un rire invincible :

— Ah ! Ah ! Brûleur de café ! Allal ! Ah ! Ah !... Dieu soit avec toi, s'écrie Yamna, les larmes aux yeux.

Allal ne peut s'empêcher de rire aussi :

— Oui, ma sœur, brûleur de café. C'est comme je le dis ! Pourtant je ne lui avais fait aucun tort... Moi, c'est toujours le sentiment qui m'a perdu. Je le dis tout franc : je vois partout des anges ! Que Dieu le juge !

— Les gens, chez nous, ne valent rien en général, quelque mal qu'ils se donnent pour montrer qu'ils ont des principes : tel est mon avis, dit Moukhtar Raï. Prêcher l'amour de l'humanité, quand il s'agit d'insividus de ce genre, c'est encourager le vice !

— Vous avez mille fois raison ! acquiesce son beau-frère. Vous, Moukhtar Raï, vous êtes instruit, vous comprenez toutes ces choses, mais moi, c'est plus fort que moi !... J'en suis encore à l'ancien principe : « Fais du bien, tu le retrouveras... » Je voudrais contenter tout le monde ! Quand quelqu'un me paraît malheureux, je me sens coupable et m'accable de reproches. Souvent...

— C'est l'ancienne génération !

— Ainsi, une fois, je suis tombé malade et tous les médecins de la ville, que Dieu leur pardonne, ont défilé à mon chevet sans m'apporter une once de soulagement et, le plus fort, sans rien comprendre à ma maladie. Alors, j'ai ordonné à mon épouse de distribuer des aumônes. Quelques jours plus tard, me voilà debout,

vaillant comme pas un, et comme si je ne n'avais pas
connu le moindre mal !

— L'ancienne génération ! Voyez comme elle est !
Elle croit fermement que des aumônes guérissent les
maladies !

— Nous, nous sommes le troupeau... convient Allal
Taleb. Nous allons de l'avant sans réfléchir, sans même
essayer de connaître les mobiles qui nous poussent. Il
faut nous excuser.

— Mon frère ! proteste Yamna.

— Encore un verre de thé ? offre Moukhtar Raï.

— Oui, ça coupe la soif.

Yamna remplit un verre et le porte à son frère.

— Merci, ma mie.

Un silence imprévu s'établit.

— Au prix de combien de folies la sagesse est
acquise : on ne le sait jamais au juste ! constate à ce
moment Allal Taleb. Et quand on l'a finalement, elle
ne nous sert plus à grand-chose. Il nous faut alors
quitter la vie !

— Tu es mélancolique, ce soir, Allal, dit Yamna.

Elle essaye de rire.

— Mélancolique, moi ? Non. C'est la vie qui est
comme ça... Et Sabri ? On ne le voit pas venir.

Il examine tour à tour Moukhtar Raï, Yamna, Zakya,
mais personne ne lui répond.

— Ce jour, pour lui, sera mémorable : il boira jusqu'à ce qu'il ne reconnaisse plus son chemin !

Ces paroles alourdissent l'atmosphère.

— Hormis son oncle, il est seul juge de ses actes, dit Yamna.

D'un air gêné, son frère soutient :

— Eh bien, quoi ? Aujourd'hui, qui est-ce qui ne boit pas ?

Il se tait à son tour. Tout d'un coup, il tire sa montre.

— Oh ! Oh !... Onze heures passées !

Il se lève d'un bond.

— Mon compte est bon, mon épouse me renverra à la rue ! Non, ne me raccompagnez pas, je connais le chemin. Bonsoir, bonsoir !

Moukhtar Raï le reconduit à la porte malgré ses protestations.

Les deux hommes à peine disparus dans l'obscurité du jardin, Zakya murmure :

— Les uns rient pendant que les autres ont le cœur en larmes ; ainsi va le monde. Dire que des générations entières de femmes en sont passées par là... Que d'autres vivront de cette manière : Dieu soit avec elles toutes...

L'enveloppant d'un regard affectueux, Yamna lui dit :

— Que faire, mon enfant ? Il faut supporter.

D'un mouvement vif, la jeune fille se tourne vers elle :

— Dans ce cas, il n'y a rien à faire...

— Ne te décourage pas, ma chérie. Nous sommes tous dans la main de Dieu...

Zakya baisse la tête.

— Vous m'avez élevée, choyée, je vous dois de la reconnaissance, bien sûr...

Moukhtar Raï revient bientôt, la mine défaite par la fatigue, mais souriant.

— Allons, il se fait tard ! J'ai sommeil et il faut se lever de bonne heure demain. Au lit, au lit ! Toi aussi, ma petite, tu devrais aller te coucher, tu me parais bien lasse.

— Je reste un instant, papa. Je ne pourrais plus dormir maintenant, par cette chaleur.

— Ah ! bon. Oui, oui, c'est ça... Reste si tu veux... Il réfléchit un peu.

— Il fait chaud, hein ? dit-il.

Il regarde encore Zakya avec perplexité. Elle se lève et, au moment où il va s'éloigner, lui baise la main. Yamna vient embrasser sa fille et suit son mari.

Peu après, on entend sa voix parvenant de l'intérieur des pièces :

— Zakya, n'oublie pas d'éteindre en allant te coucher !

La jeune fille ne répond pas. Elle retourne à sa place. Avant de se rasseoir, elle observe le jardin tout sombre, tout silencieux, où le susurrement de l'eau au milieu des arbres semble une voix surgie d'un autre monde.

— La rancune, l'affection, alternent en moi comme l'ombre et le soleil, par un jour orageux, se relayent en une succession insensible et inéluctable. Je fixe mes regards sur les nuages qui passent là-haut...

Elle lève la tête, se perd dans la contemplation du ciel nocturne.

— Planez, nuages...

A ce moment, elle a l'impression que ses maux s'évanouissent, fondent en elle.

— Vous glissez si lentement qu'on vous croirait immobiles...

De nouveau, les mots meurent sur ses lèvres.

— Quelle étrange vérité, quelle tourmentante douceur émanent du ciel !

La gorge oppressée, elle laisse retomber sa tête sur sa poitrine.

— Pourquoi le monde est-il plein de significations confuses et contradictoires ? Mes pauvres parents ne reconnaissent-ils rien aux avertissements de notre époque ? Pourquoi la vie vient-elle battre de ses vagues contre nos cœurs sans y pénétrer ?... J'espère pourtant. J'espère sans trop savoir en quoi et sans que je croie à la possibilité de ce que j'attends. J'espère... Parce qu'il n'y a pas d'obscurité sans lumière, de mal sans bien... Parce qu'on ne peut pas ne pas espérer...

Surprise par le ton de ses propres paroles, la jeune fille regarde autour d'elle la nuit.

— Puisses-tu m'être propice, nuit vibrante, habitée de parfums, traversée par les vols des lucioles, ébranlée par des voix... Nuit d'été.

Soudain l'envie de pleurer la prend comme l'envie de pluie prend une terre assoiffée, mais ses larmes restent enfouies dans son cœur.

— Il faut accepter, murmure-t-elle alors, nous devons tout accepter. Ainsi commence l'éternité de la vie...

# VII

Nafissa s'est levée au petit jour. Djamal est réveillé, lui aussi, mais il reste couché. Où aller de si bon matin ? La populeuse maison commence à gronder ; voix de femmes, seaux entrechoqués, bruits de pas... C'est encore l'aube et cependant une sorte de fièvre électrise déjà l'atmosphère. Djamal a fini par s'y faire depuis le temps qu'il habite ces maisons. Ils ont bien déménagé une demi-douzaine de fois, mais, d'une demeure à l'autre, ils ont retrouvé les mêmes voisines tonitruantes, la même marmaille répandue dans tous les coins. Leurs deux enfants ont eu tôt fait de ressembler aux autres également. Pour l'instant, ils dorment à ses côtés. Il leur jette un regard. Le garçon est couché sur le ventre, et la fillette, les poings fermés, sourit avec la douceur secrète des anges.

Djamal pense à sa femme, regrettant vaguement la tiédeur de son corps.

« Pour s'être levée si tôt, il faut que ce soit son tour de nettoyer la maison. »

Tous les quinze ou vingt jours, la corvée en revient à Nafissa. Laver la bâtisse à grande eau, et de fond en comble, le premier jour ; balayer le lendemain. Quelle vie !

Il se perd en de confuses considérations sur la monotonie de l'existence, cependant qu'une insidieuse langueur se propage dans tout son corps, le plonge dans une demi-somnolence. Il flotte longtemps, dans cet état, à mi-chemin entre la veille et le sommeil. La rumeur de la maison se confond avec celle de ses pensées.

Puis, d'un coup, son esprit, débarrassé des vapeurs qui l'embrument, redevient net... C'est comme ça, chaque matin. Maintenant il faut se lever. La maison n'est pas faite pour lui.

« Je suis devenu un autre homme, pense-t-il. Et pourquoi ? Qu'ai-je fait de mon temps ? J'ai travaillé, peu, et beaucoup réfléchi. Trop, même. Mais à quoi ça m'a avancé ?... A vieillir sans avoir vécu ! »

Il bâille, promène ses regards autour de lui.

« Le plus singulier, c'est que je n'ai envie de rien ; je ne veux rien. J'ai l'avantage sur d'autres de ne pas me faire d'illusions. La vie, je la vois telle qu'elle est. Ni gaie ni triste ; ni stupide ni sensée. »

Il referme les yeux, continue à méditer. Nafissa entre avec un plateau de cuivre, des tasses qui tintillent et une cafetière ; aussitôt, un arôme de café frais emplit la chambre.

Elle pose le tout devant son mari, s'assoit sur une peau de mouton qu'elle a retirée d'en dessous les enfants. Ceux-ci dorment toujours, le garçon sur le ventre, la fillette riant aux anges. Djamal se lève en prenant soin de ne pas les réveiller. Il s'habille furtivement et va se débarbouiller dans la cour ; il revient ensuite s'installer à sa place.

Ils boivent leur café en silence. Depuis un instant, Nafissa baisse la tête, songeuse. De temps en temps, Djamal lui lance un bref coup d'œil à la dérobée. Il regarde rarement sa femme, mais chaque fois qu'il y pense il est frappé par son expression d'inaltérable jeunesse.

Nafissa ne remarque pas les regards de son mari, elle continue à prendre son café, l'air absorbé. Son expression est faite tout ensemble de confiance et d'inattention à soi. « Celle qui a la charge de nos existences », se dit Djamal, considérant l'ovale allongé de son visage. Il ne peut nier qu'elle soit jolie. Son menton pur est d'une beauté tendre, que relève la finesse des lèvres légèrement arquées. Avivée par l'air du matin, la roseur des joues trahit encore mieux l'extrême jeunesse de Nafissa.

Elle lève ses longs yeux sombres et humides ; son regard croise celui de son mari. Alors elle sourit et rosit un peu plus. Pendant une seconde, leurs regards ne se déprennent pas l'un de l'autre. Elle sourit, et lui il ne sait quelle mine faire.

Ils se remettent à boire leur café, les yeux baissés,

n'échangeant pas une parole. Et le même silence se prolonge.

Peu après, Djamal sort.

Une fraîcheur pénétrante se répand du fond du ciel, accompagnée d'une lumière ivre. Djamal se sent un sourd ennui dans l'âme. Il n'est pas content, ni en paix avec soi. C'est ainsi depuis le soulèvement.

Il va sans trop savoir au juste ce qu'il fera. Il part au-devant de son destin ! Une excitation paisible, à laquelle son cœur ne répond que par une soucieuse distraction, parcourt les rues. Il marche dans la fraîcheur matinale et pense : « Je me demande ce que me réserve encore ce jour. » Il veut revoir El Hadj, chez qui il n'est pas allé depuis un mois au moins ; il sait que son vieil ami ne lui en tiendra pas rigueur.

Mais l'idée ne s'en est pas plus tôt présentée à son esprit, qu'il aperçoit Kadda, surnommé Zizi ; sur-le-champ, tout change, et cette autre pensée traverse Djamal : « Ta journée est fichue. »

Avant même que Kadda n'arrive à sa hauteur, il murmure :

— Oiseau de malheur, que tout ce que tu annonceras se révèle faux !

Lorsque Zizi paraît sur le point de l'aborder, Djamal s'apprête toutefois à lui faire bonne figure. Toujours à cause de cette ingénuité qui le prédispose à croire le monde et les hommes meilleurs qu'ils ne sont.

— Le bonheur soit avec toi, Zizi. Bénie soit ta journée...

Ayant tout juste répondu par un signe de tête à ses amabilités, Kadda a poursuivi son chemin sans se soucier de lui.

Il est passé, les yeux au sol, comme s'il cherchait quelque objet perdu. Ses mains soignées de tailleur exécutaient des gestes mystérieux.

Djamal n'en revient pas.

Lui aussi s'en va de son côté. Il enfile une rue après l'autre, l'esprit encore plus préoccupé, après cette rencontre. Elle s'est évanouie, la promesse de bonheur qu'il portait en lui, qu'il espérait de cette journée. Il tombe dans un étonnement morose. « Comme je suis ! Ou trop enthousiaste, ou trop accablé, aucune mesure. »

Cela lui donne soudain envie de revoir l'équipe de bons compagnons qui se réunit au sous-sol de Bab Ylan plutôt que d'aller chez El Hadj ; Hamza y sera certainement. Mais, chemin faisant, le désir d'entrer dans une *metabkha*[1] prendre une *harira*[2] arrosée de citron, commence à le disputer à son intention de retrouver ses amis. Il a quelques francs sur lui ; il n'est rien d'aussi bon, le matin, qu'une bonne harira.

Par précaution, il fouille la poche droite de sa veste, s'assure que les pièces de monnaie y sont encore. Elles y sont bien. Il est content. Sa femme, constamment à court d'argent, le nettoie souvent, et à chaque fois il s'en aperçoit trop tard. Au moment, par exemple, où il décide de s'offrir un verre de thé, un bol de yoghourt

1. *Metabkha* : rôtisserie.
2. *Harira* : soupe faite principalement avec du levain.

ou de... harira. Quelle déception alors et comme il se sent humilié ! Un homme sans un maravédis en poche, qu'est-ce qu'il est, je vous prie ? Moins que rien ! Après réflexion, il n'en veut pas à Nafissa. Par son travail, elle fait vivre toute la famille. Or, en dépit de l'acharnement qu'elle y met, elle ne parvient jamais à joindre les deux bouts. Non, il n'a pas le cœur à le lui reprocher.

Il prend la direction d'une rôtisserie bien connue de lui. Tout en marchant il palpe, mêlées à des peluches, les pièces dont le métal, au bout des doigts, lui procure une sensation de froid agréable. La matinée est claire ; à mesure que le jour avance, que la chaleur grandit, le ciel devient laiteux. Les pensées de Djamal vont une dernière fois à Zizi Kadda.

« Nous vivons, pour la plupart, comme des gens qui ont oublié quelque chose, mais qui, dans la confuse inquiétude de leur esprit, continuent à chercher ce « quelque chose » en tâtonnant, parfois en criant et en maudissant... »

# VIII

— Qu'est-ce qui unit les hommes ? qu'est-ce qui les les oppose ? interroge Hamza, un quart d'heure plus tard.

Djamal avait quitté la metabkha pour venir au sous-sol, où il savait qu'il trouverait ses amis, en particulier Hamza.

— Il n'existe rien en dehors de ceci : *nous sommes pour ou contre une chose.* Hein, comprenez-vous ça ? Le sentez-vous ?

Sur ces mots qui ont paru obscurs à la plupart, Hamza s'arrête de parler d'une manière si abrupte qu'il surprend tout le monde, même ceux qui n'avaient pas l'air de l'écouter.

Djamal est pris d'envie de lui répondre que c'est bien ainsi, mais il n'aurait pas pu s'expliquer davantage. Il *comprend* et *sent* ; c'est tout.

Hamza observe ses compagnons d'un air renfrogné.

Il continue d'ailleurs aussitôt, sans leur demander leur avis :

— On regarde autour de soi pour se reconnaître, et on sent tous les siens dans son cœur. Dès lors, on ne craint plus d'être seul. Car tous ceux qui ont compris et senti ça, tous ceux-là, la même lumière les remplit.

Son regard les enveloppe encore, plus intense et plus clair qu'à l'accoutumée. Il a dit : « *la même lumière* » ; ça aussi, c'est vrai. A cette seconde, réellement, Djamal a l'impression que Hamza a lancé en lui une poignée de ces graines qui germent instantanément. Il est possédé par un sentiment pénétrant et joyeux... Cette « lumière », Djamal est convaincu qu'elle a effleuré toute l'assistance. Toutefois il désire comprendre un point, une question lui brûle la langue. Mais l'ancien prisonnier reprend la parole.

— Des hommes sont jour et nuit sur les routes. Pourquoi ? Bien malin qui pourrait le dire ! Ils surgissent du diable sait où, ils sont devant vous, et l'instant d'après ils s'évanouissent, pfuit ! Ils passent leur temps à courir d'un bout à l'autre du pays. On ne les remet pas facilement, ni du premier coup d'œil. Ils vous frôlent, il vous parlent même, et vous ne croirez jamais que ce sont eux ! Il faut en avoir un peu l'habitude. être doué d'un certain flair, pour les reconnaître ; bref, il faudrait être un déchiffreur d'hommes. Et qui a ce don n'est pas sûr de les identifier à chaque coup.

Sa voix s'est faite plus basse sur ces derniers mots.

— Ainsi, il y a quelques jours, je me trouvais dans

un café du Médresse. Lorsque je m'étais assis, j'avais bien noté la présence de quelqu'un, solitaire, à mes côtés. Son aspect ne différait en rien de celui des autres clients ; il avait l'allure d'un marchand ambulant ou d'un colporteur. Pauvre imbécile que je suis ! Ce n'est qu'après un bon moment, peut-être une heure, que j'ai senti à quel point cet individu était insolite. Seulement alors, un avertissement secret m'a prévenu que ce personnage était de *ceux-là*.

» Pourtant, en tant qu'homme, il était tout à fait ordinaire. De taille moyenne, il portait un trench-coat délavé, fripé, ballonnant aux coudes, aux épaules, et boutonné jusqu'au menton en dépit du beau temps. Au cou, un revers était fixé par-dessus l'autre au moyen d'une épingle de nourrice. Le trench-coat sans ceinture retombait ainsi qu'une blouse sur un pantalon à l'européenne, également usé et passé, découvrant des chevilles vigoureuses. Aux pieds il avait, poudrées de terre jaune, des espadrilles dont la semelle se retournait et s'effilochait sur les bords.

» Mais la tête était la plus intéressante, je dirais la plus étonnante. Les torsades d'un turban blanc épousaient son front. Sur sa figure anguleuse, au menton pointu, se hérissaient les poils d'une barbe jaunâtre, qu'il avait certainement l'habitude de raser, mais que, cette fois, il a laissé pousser. Avec ses os saillants, ce visage ne révélait aucun trait particulièrement remarquable. Ce qui le dotait d'une expression frappante, c'était plutôt le regard. Quel regard, mes amis ! Il se

pose sur vous, et c'est comme s'il ne vous voyait pas !
En outre, il vous semble triste ; vous l'examinez, et il
n'est plus triste. Ou, pour être plus exact, il est d'une
tristesse étrangement douce, apitoyée. Et l'on se prend
irrésistiblement à penser là-devant : « Comment guérir
cet homme d'une telle tristesse ? Comment vaincre sa
pitié ? »

» Juste à ce point de mon examen, il se retourne et
me demande de but en blanc :

» — Sais-tu quoi, frère ?

» Son accent rugueux m'apprend que j'ai en face de
moi un habitant des hautes plaines.

» — Qu'est-ce donc ? lui ai-je répliqué, un peu déconcerté par la brusquerie de cet abord.

» — Nous étions quelque quarante familles des Oulad
Hachem, là-bas, derrière ces montagnes. (L'homme a
agité sa main en direction du sud-ouest, voulant désigner les contreforts du Tell, la lisière des Hauts-
Plateaux.) Nous étions là une quarantaine de feux.
Maintenant il n'y a plus personne. Pas un chat ! Tout
le monde a abandonné le village. Il ne reste plus que
la montagne toute seule.

» — Pourquoi ça ?

» Il a eu un haussement d'épaules pour toute réponse.
Cela semblait signifier : « Les gens, quand ils vivent
dans les montagnes, n'ont pas beaucoup d'importance. »

» — On est partis... La montagne est restée toute
seule.

» Je me suis mis à songer à cette montagne « toute

seule », à ces gens qui avaient abandonné leur foyer.
J'ai oublié ce qui m'entourait : les habitués qui rem-
plissaient le café, leurs éclats de voix, les claques que
les joueurs de dominos appliquaient aux tables. Tout
cela se transformait en une foule d'ombres qui s'éloi-
gnait, s'estompait dans une brume. Vous exprimer
l'amertume qui m'a envahi soudain, j'en serais incapable. L'univers est devenu noir devant mes yeux. J'ai
voulu demander à mon voisin comment s'était achevé
leur exode et lui adresser par la même occasion quelques mots de consolation. Or, jugez de ma surprise, il
avait disparu ! On aurait dit que la terre l'avait avalé !

» Là-dessus, j'ai été saisi par un sentiment de solitude
bizarre en ce lieu qui fourmillait de monde. »

Le silence s'est fait dans la cave.

— Celui qui ne l'a pas éprouvé, ne saura jamais ce
que c'est qu'un tel sentiment, dit Hamza d'un air
sombre.

A considérer l'ancien prisonnier, on aurait douté
qu'il pût être accessible à de pareilles émotions. Pourtant il est clair qu'un profond trouble s'est réveillé en
lui au seul souvenir de ce qu'il avait ressenti alors.

Il ferme les yeux : son grand visage barbu se fige.

— Le plus curieux, fait-il ensuite remarquer, c'est
qu'il s'est confié à moi comme si je l'avais connu de
tout temps, sans hésitation, familièrement, quoiqu'en
manifestant une certaine retenue. Il parlait tranquille-
ment, sans un frémissement dans la voix ; on aurait
gagé, c'est la nette impression que j'ai eue, qu'il me

communiquait un message et que ç'eût été là tout ce qui lui importait.

Djamal jette un regard sur ses autres compagnons. Il voit une chose incroyable : la même distraction scelle les visages cernés d'ombre. Y compris celui d'un petit vieux, au teint rose.

Puis Hamza paraît formuler des paroles plus lourdes, plus opaques, quand il s'exclame :

— Que voulez-vous ! Que voulez-vous !...

On dirait même que, descendu d'une haute colline où le soleil l'éclairait, il fond dans les demi-ténèbres du sous-sol. Sa poitrine corpulente s'affaisse et se creuse, sa voix est changée.

« Il en est de même pour nous tous. Est-ce de notre faute si nous nous connaissons mal entre nous ? » songe Djamal.

Il a l'impression à cet instant que son cœur est devenu une bulle privée de poids qui n'a que l'air pour soutien. Il ne peut comprendre ce qui en est cause. Bizarrement, il éprouve une grande pitié pour lui-même. Il lui semble deviner ce qui se passe en Hamza.

« Nous ne nous connaissons même pas entre nous... »

Un temps assez long s'est écoulé, à n'en pas douter ; Djamal est tiré de ses réflexions par Hamza qui dit encore :

— ... Une autre fois, c'était à la Porte Boumédine ; je flânais simplement. Bientôt un pauvre hère m'arrête d'un signe du bras. Sans me formaliser, je lui demande ce qu'il veut, le prenant pour un de ces sans-travail si

répandus qui, ne sachant qu'inventer pour subsister,
n'osent mendier ouvertement mais sollicitent volontiers, lorsqu'ils sont à bout de forces, des personnes
qu'ils choisissent à bon escient. Déjà, j'étais en proie à
la gêne qui m'étreint toutes les fois que ces malheureux,
les yeux baissés, m'accablent de leur prière. Fort heureusement, mon homme n'était pas de ceux-là ; c'était
plutôt un de ces *messagers* !... Cependant je n'ai pu
réprimer un tressaillement en l'entendant m'appeler
par mon nom. Le frère me connaissait ! C'est probablement ce qui l'avait incité à s'interposer sur mon chemin. Mais où nous étions-nous rencontrés ?

» — Tu ne me reconnais pas, Hamza ? s'est-il informé. Ah ! je comprends ça.

» Une plainte étouffée est sortie de sa poitrine à ces
mots. En toute franchise, je ne le reconnaissais pas !
Bien qu'au vrai les inflexions de sa voix m'aient sur-
le-champ frappé et donné le désir impérieux de savoir
à qui j'avais affaire. Car le bougre m'intéressait tout
d'un coup jusqu'à l'irritation. Quel est cet homme qui,
par le seul son de ses paroles, suscitait en moi une si
singulière impatience ? Or, ce n'est pas par hasard que
j'avais d'abord remarqué cette voix. Je la retrouvais
peu à peu dans mes souvenirs, ou croyais la retrouver.
Non, elle ne m'était pas inconnue. Où diantre l'avais-je
entendue ? Et comment se faisait-il que, de tout l'individu, je ne retenais qu'elle ?

» Comme s'il avait lu sur mon visage les pensées qui
m'assiégeaient, il se taisait, me laissant regrouper mes

souvenirs, attendant visiblement que jaillît l'étincelle qui éclairerait l'ombre accumulée sur ma mémoire. D'un mouvement qu'on aurait jugé concerté, nous nous sommes rapprochés ensemble, sans dire mot, du rampart qui se dresse non loin de là, pour nous garer de la cohue toujours dense à cet endroit.

» Soudain la lumière se fait en moi. Je retrouve mon homme. Comment a-t-il pu devenir ainsi ? Car c'est bien lui : Taïeb Berghoul ! Pas d'erreur possible ! Le complice de jeunesse, le gai luron d'antan ! Mais d'où provenait le monstrueux changement que je constatais dans son visage, son regard, son attitude, toute sa personne, et même, oui, même les frusques dont il était affublé ? Que lui était-il arrivé, quels déboires avait-il essuyés ? Enfin qu'est-ce qui l'avait éteint ? Non, ce n'était pas précisément ça... Exténué ? Mais ce n'était pas ça non plus ! Il était comme... comme... quelqu'un qu'on aurait transformé en un autre ! Plutôt ! Quelqu'un à qui on aurait arraché sa première âme pour lui en greffer une autre, et qu'on aurait tout de même privé d'âme ! Des réflexions presque insensées, j'en conviens, se sont mises à tourbillonner dans mon cerveau pendant que des passants pressés nous heurtaient de toutes parts et qu'un brouhaha assourdissant planait sur cette activité de fourmilière. Et si l'indice de la voix n'avait pas éveillé mon attention ! Remarquez bien que pareil indice, je veux dire la voix, ne s'altère jamais, chez aucun homme, et nous trahit pour grandes que soient les métamorphoses subies d'autre part. Le cas de Taïeb

Berghoul me l'a prouvé, s'il en était besoin. D'autant qu'en ce qui le concerne, il était un exceptionnel chanteur, du temps de notre jeunesse — détail qui me revenait avec maints autres. Certes, cette amitié avait totalement cessé d'exister pour moi depuis des années et je ne m'étais attardé que par une sorte de pressentiment auprès de cet épouvantail en quoi j'ai fini, avec quelle difficulté, par découvrir mon ancien camarade ! Mais plus je sondais Taïeb Berghoul, et plus il m'inspirait une inexplicable répulsion.

» Je vous fais grâce du récit de notre amitié passée ; pour l'intelligence des faits, sachez néanmoins que, jadis, c'était un garçon joyeux, plein d'entrain, agréable acolyte, ne dédaignant pas les plaisirs ; bref, il était de ceux dont on dit qu'ils prennent la vie du bon côté. Je le connaissais bien : nous avions débuté dans le même atelier de tissage. L'homme qui me faisait face à cette heure ressemblait à ce personnage, permettez-moi l'expression, comme une toupie à une vache. Je vais vous le décrire aussi fidèlement que je le voyais. Son image est restée gravée en moi.

» Une figure creusée profondément, au burin, dont la peau — autrefois délicate et blanche — parcheminée, jaune, était tendue sur les os. Dessus, une barbe rare frisottait ainsi qu'une mousse malsaine. Ce visage semblait avoir été consumé du dedans. Le regard, je renonce à vous en traduire l'expression. Fixe, acéré comme un poinçon, il luisait durement, et était en même temps horriblement absent. Et ce mot encore ne veut rien

dire ; c'est autrement qu'il faudrait le qualifier, bien
que je sois persuadé qu'aucune langue humaine n'y
parviendrait. Aussi, j'y renonce, pour ma part. Quant
au reste, il arborait des haillons usés ; sa chéchia éli-
mée, trouée, était bordée d'un large trait de crasse noire.
Chose paradoxale : en dépit de ça, un air de hauteur se
révélait dans son port de tête. Le malaise que j'avais
éprouvé déjà venait assurément de là. Je ne retrouvais
plus le cordial intérêt que je pensais devoir porter à
mon ancien camarade, ressuscité, si j'ose dire ! Bien
sûr, je comprenais que c'était mal, mais je n'y pouvais
rien !

» A cet instant, Taïeb Berghoul a eu un sourire
ambigu ; il m'a déclaré :

» — Ils m'avaient enfermé plusieurs jours de suite,
des jours et des jours, je ne sais plus combien, avec des
chiens, des molosses...

» — Qui, ils ?

» — Eux !

» — Mais qui, eux ?

» — Eux ! m'a-t-il encore répondu avec force, subitement exaspéré et, tel un enfant réprimandé, prêt à
fondre en larmes.

» — Et pourquoi ça ?

» — Eh ! ils m'avaient enfermé ! Avec des chiens !...

» Puis, ayant réfléchi un peu, il a continué :

» — Oui, je te disais qu'ils m'avaient enfermé avec
des...

» Que je perde la vue si j'ajoute un mot de mon cru

76

à ce dialogue. J'allais lui crier, — quoi ? je l'ignore !
J'ai été pris sur le moment d'une furieuse envie de le
frapper, de le repousser de mon passage ou de lui faire
dire autre chose que ces propos absurdes, ces propos
de délire. J'étais stupide ! »

Hamza soupire. L'oppression qui lui écrase la poitrine, il n'a plus la force de l'exhaler en paroles, semble-
t-il.

Après un temps d'arrêt, avec une inquiétude fébrile,
il achève :

— Nous voulons toujours échapper à l'évidence, que
nous redoutons, fous que nous sommes ! J'ai tenté
d'étouffer l'égarement qui me submergeait. Finalement
j'ai dû en convenir : j'avais peur. J'avais peur... Alors
Taïeb Berghoul a regardé en l'air avec une mine morne,
pendant un instant, puis sans autre explication il m'a
planté là et il est parti. En quelques secondes, sa
silhouette s'est mêlée à la foule agglutinée en perma-
nence dans ces parages, qui l'a rapidement absorbé.

Un reflet de tristesse voile le visage épais, au nez
épaté, de Hamza. Puis cet homme bourru bougonne
à mi-voix :

— Crénom !...

# IX

Après quelques tours que, dans son besoin de réfléchir, il a fait en ville, machinalement Djamal prend le chemin qui mène à la boutique d'El Hadj.

Il trouve son ami discutant avec d'autres hommes. Il entre, s'assoit sur la banquette que recouvre un tapis usé. Là, il s'abandonne à sa distraction habituelle. Il ne sait si on parle de politique ou de commerce à côté de lui. Peut-être des *événements?*... Il reste enfermé dans ses pensées ainsi que dans une pièce noire. Le bruit de la conversation lui parvient comme à travers plusieurs épaisseurs de mur. Il cherche tout de même à en détourner son attention. Il se rend compte que c'est impossible et il en conçoit de la contrariété.

Au bout de quelques instants, la conversation s'arrête ; plutôt, Djamal a conscience du silence qui règne dans l'échoppe. Il regarde autour de lui ; plus personne ! A croire que la compagnie s'est dissoute en fumée. Il questionne El Hadj des yeux ; le vieil homme fait semblant de ne pas remarquer son regard ni l'interrogation qui s'y lit.

— Alors ! Les affaires vont mieux ? Avez-vous trouvé du travail ?

— Comment vous dire ? Je ne sais pas quoi faire. Je suis dans un grand embarras, répond Djamal.

Après un temps :

— Je voudrais de toutes mes forces travailler et... je ne trouve rien. Dieu sait pourtant si j'ai besoin de gagner un peu d'argent !

Puis plus bas :

— Je dois vous avouer que la vie, chez moi, est... très dure.

— Mais sur quoi comptez-vous ? Vous ne pouvez rester là à attendre un miracle.

— Non, impossible, bien sûr.

« Ici, ça n'est déjà pas grand, pense Djamal ; tout le monde est dans toutes les sortes de travaux, d'emplois, qui existent. Il y en a même de reste : des hommes, je veux dire. Non, ce n'est pas ça, comme je m'embrouille pour des choses si simples ! Je voulais dire que toutes les places en ville sont déjà prises, et des tas d'hommes, comme moi, sont sans travail. Des chômeurs, quoi ! »

Il se gratte la jambe négligemment, sans réelle nécessité, tout juste pour se prouver qu'elle est là sans doute. D'un ton vague, où l'on aurait cru déceler sous un peu de regret une indifférente acceptation du sort, il dit encore :

— Mes vieux ne m'ont pas appris de métier. Les

moyens ne m'ont pas été donnés, non plus, pour ache-
ver mes études. Alors...

— Pourtant vous êtes obligé de faire quelque chose.
Vous ne pouvez rester sans rien tenter.

— Quoi ? Je ne trouve rien. Eh ! je le voudrais. Je
crois qu'ils comprennent tous que je ne vaux rien. Je
ne sais pas à quoi, mais ils le devinent, ils sentent que
je n'ai pas d'aptitudes spéciales, comme ils disent.
Alors, je ne vaux rien pour eux.

— Comment pouvez-vous penser cela ? Vous êtes
intelligent. Ce n'est pas possible ! Comment ferez-vous
pour vivre ?

— Merci. Je verrai... Je ne resterai pas longtemps
inoccupé.

— Réfléchissez-y sérieusement ; l'homme vit sur terre
pour une tâche déterminée, chacun de nous a un devoir à
remplir. En conséquence, un simple journalier est aussi
utile dans sa place qu'un... roi à la tête d'une nation. Je
dirai même plus utile. Il ne mange que du pain sec, mais
il le gagne. Et si, de plus, il éprouve de l'intérêt pour son
travail, c'est un homme sauvé. Disons plutôt pour éviter
les grandes phrases : c'est un homme heureux... Enfin, à
sa manière. Oui, heureux à sa manière, car il doit lui
manquer beaucoup de choses. Cependant il a l'essentiel ;
s'il ne mange que du pain trempé dans de l'eau, il a son
travail, et même davantage : l'attachement à son travail.
Et ça, c'est une réalité.

— Que faire ?... L'espoir que je trouverai un jour
quelque chose me soutient.

Djamal interroge l'espace devant lui d'un œil vague, puis ses regards se concentrent sur la porte de l'échoppe devant laquelle passe une foule ininterrompue. Il déclare, et sa voix paraît prendre du recul :

— J'aurais dû rester dans le service où j'étais, mais je n'ai pas pu. Je ne pouvais pas m'y faire, j'ai eu tort.

— Voilà où votre cas s'emmanche mal. Vous aviez un emploi qui était honorable, qui vous conférait une certaine dignité aux yeux de vos concitoyens : n'étiez-vous pas un agent de l'Administration ? Vous n'en avez pas voulu. Voilà qui ne s'explique guère, en effet. Je ne vous cacherai pas, pour ce qui est de moi, que je ne saisis pas...

— Il n'y a pas de risque que j'y retourne. Que dis-je ? Y retourner ? Non, rien que d'y penser j'ai la nausée ; j'ai abandonné tout ça sans regret. Mais voyez comme je suis devenu. D'y penser seulement, je me suis vu prendre place dans ce bureau abominable.

— Je ne vous suis plus... Vous ne devez pas vous sentir bien en ce moment. Avec tous les soucis qui vous accablent, je vous comprends. Je comprends au moins ceci : vous traversez une rude épreuve. Oh ! je le comprends très bien ! Mais qu'allez-vous faire, en somme ? Car il faut bien que vous fassiez quelque chose ? Pas des bêtises, bien entendu.

— La paperasse, les dossiers ?... Je préfère ramasser ma nourriture dans le ruisseau ! Les collègues ? Il faut voir comment ils se conduisent ! Je ne veux pas, je ne peux plus les revoir. Je plains celui qui leur tombe entre les mains. Je ne sais pas ce qu'ils ont, mais ils ne pensent qu'à tirer vengeance du pauvre monde. Avec leur loi, ils vous assassinent proprement !

Djamal s'arrête de parler, une légère contraction crispant les coins de sa bouche. Il confie :

— Je ne pourrais pas traiter les nôtres comme ils le font, non, non, et encore moins prendre des pots-de-vin ! Qu'est-ce qu'ils ont là ? (Il montre sa poitrine.) Je n'arrive pas à m'en faire une idée. Je ne peux pas traiter les nôtres comme des chiens, ni accepter qu'on les traite de cette façon devant moi. Non, j'ai essayé de supporter, j'en suis incapable. Il faut croire que je ne suis pas fait pour ces choses-là.

— Vous êtes trop sensible, mon ami.

— Je vous assure... Voir à tout instant cette ignominie a de quoi rendre triste ; ça vous fiche un coup.

Il se met à rire, tout bas, nerveusement.

— Les notes de service, ces masses de notes que nous recevions chaque jour, c'était encore pis que tout. Il y avait en elles le froid de la mort. Ces horribles textes administratifs, que de gémissements, de larmes d'innocents, de corps d'enfants affamés, ne recouvrent-ils pas ! Ce qu'ils peuvent vous bousiller de gens qui ne s'en doutent pas ! Non. Je n'avais plus la volonté d'endurer ça. Maintenant je le dis à la face du monde : ces bureaux pèsent d'un poids trop douloureux sur notre malheureux pays ! Une seule chose reste à faire : les supprimer. Ah ! qu'est-ce qui me prend ? Je crois que je divague. Pardonnez-moi, je suis fatigué de tout. Avec ces idées

qui me courent dans la tête, tenez, je ne sais plus où
j'en suis ! Je vous importune avec mes histoires... Dites-
moi que je vous importune !

— Mais non, vous savez bien que non ; au contraire. Si je puis vous aider, si je puis faire quelque
chose...

— Je vous remercie. Vous me comprendrez maintenant, si je vous dis que j'en suis malade rien que d'y
penser. Combien de temps ça va-t-il durer encore ? Bah !
personne ne le sait. Pourtant, je suis sûr d'une chose,
tout ça finira par...

Djamal claque ses doigts. Un client entre ; El Hadj
se lève.

Tout à ses pensées, Djamal sursaute quand le vieil
homme, ayant regagné sa place, reprend :

— Si vous saviez comme j'ai pitié de vous. Ecoutez :
j'ai un ami négociant qui a besoin de vendeurs. Tra-
vaillerez-vous chez lui ?

Djamal le dévisage, surpris :

— Faites-moi connaître l'homme...

— Attendez d'abord que je lui parle de vous. Mais je
suis persuadé qu'il vous prendra dans son magasin. Il l'a
fait une fois pour quelqu'un que je lui avais recom-
mandé. Je suis sûr que pour vous aussi, il...

— Oui, je travaillerai ! Ça m'occupera. Ça me fera
du bien.

— J'en suis certain.

— Il me tarde déjà de commencer.

— Soyez tranquille, je lui en parlerai. Je vous pro-

UN ÉTÉ AFRICAIN

mets que vous aurez cette place. Vous verrez !

Djamal saute sur ses pieds, s'approche d'El Hadj, lui
baise vivement la main.

— Je vous suis reconnaissant.

— Allons ! Allons ! Remettez-vous ! C'est avec plaisir.
Ça ne me coûte pas beaucoup de vous rendre ce service,
croyez-moi. Pourvu que ça réussisse... Oh ! je suis persuadé que ça réussira.

Djamal, qui est devenu pensif, relève la tête à cet
instant.

— Mais, dites, il faut un homme actif pour ce genre
de travail ?

Une note d'inquiétude a percé sous sa question.

— Voilà comme vous êtes ! lui reproche El Hadj en
riant. Ne vous mettez pas martel en tête avant de
commencer. Ce sera très simple : on vous donnera une
partie du magasin avec des rayons de tissus qui seront
sous votre responsabilité. Vous veillerez uniquement à
ne pas vous tromper dans vos calculs, à satisfaire les
goûts de la clientèle, et à vous conduire avec correction.
Vous verrez comme c'est facile ; un jeu d'enfant, surtout pour vous, qui disposez d'atouts que d'autres n'ont
pas !

— Il y aura peut-être beaucoup de comptes à faire ?
Beaucoup de gens à servir ? Oh ! je confondrai tout, je
me connais ! Comment ferai-je ?... Il faudra que je
conserve mon sang-froid. Je me montrerai à la hauteur
de la confiance qu'on aura placée en moi. Ah ! la vie
prendra un autre sens, une autre portée ! Je serai

85

l'homme le plus heureux du monde! Je connaîtrai les besoins des uns et des autres, je me mêlerai aux gens. Il nous faut, tous autant que nous sommes, de l'activité, nul ne peut vivre en marge du monde.

— Mon ami, soyez calme aussi, et ça ira comme sur des roulettes!

— C'est vrai, je suis toujours prêt à me monter la tête pour des...

— A y bien réfléchir, il n'est pas de tâche qui ne soit au-dessus des forces humaines. Néanmoins, Dieu nous a donné la confiance qui nous permet d'affronter les pires difficultés. Aussi, l'homme arrive-t-il à bout de tout.

— Je me tais, et vous obéis.

Djamal se tait effectivement. Mais au bout d'un moment :

— C'est la terre que j'aurais aimé travailler, soupire-t-il.

— Dans les champs! Vous ne parlez pas sérieusement? On n'y prend que de véritables ouvriers, le travail y est dur. Malgré votre bonne volonté, vous ne serez pas de taille à le supporter; vous n'y êtes pas préparé. On se moquera de vous, je le crains, si vous cherchez à vous mesurer avec des paysans. Vous essayez de vous tromper vous-même.

El Hadj l'examine. Confus, Djamal ne répond pas. Il a l'impression qu'il se mue en acteur et qu'il singe ses propres sentiments. Il dit avec difficulté :

— Vous ne pouvez pas vous figurer comme la campagne m'attire.

— Ecoutez-moi : vous ne manquez pas de bon sens.
Je sais ce que vous éprouvez ; je comprends ce que
vous voulez. Vous croyez pouvoir en attendre un
renouvellement. Ce n'est qu'une tentation !

Djamal n'est pas étonné d'entendre El Hadj parler
de la sorte. Il retrouve sa fatigue. Une fatigue sans nom
qui paraît resurgir d'un lointain passé. Il se couvre le
visage des deux mains, une espèce de plainte monte à
sa gorge.

— Je vous jure, je voudrais changer de vie, avoir
une vie simple. Y a-t-il là de quoi perdre un homme ?
Ça me tente, misérable, misérable que je suis !

— Se retirer dans un coin tranquille, à la campagne,
s'habituer à une existence simple et modeste, oublier
le monde et ses tracas : c'est en effet tentant. Or, dans
la plus profonde des retraites, le monde ne vous oubliera
pas, lui. Et c'est juste ! Votre paix... ah ! ah !... Demeurer
à l'écart de tout ce qui est hostile, pervers, vil... C'est
cette paix que vous voulez ?

Djamal hoche la tête :

— Misérable que je suis !

— Il n'est pas en mon pouvoir de vous sauver, mais
je ferai tout pour que vous preniez conscience de votre
état. Il faut que vous ayez une idée nette de vos devoirs.
Y réussirai-je ?

El Hadj se penche vers Djamal :

— Si je réussissais, je vous demanderais, plus tard,

pour me remercier, de me dire ce que valaient vos théories. Réveillez-vous ! Il n'est pas trop tard !

— Vous trouvez ? Peut-être... Il n'est sans doute jamais trop tard. Mais ça ne change pas grand-chose.

Et pour lui-même, à mi-voix, Djamal ajoute :

— Il y a des choses que je commence à comprendre. Il est des trajets qu'on ne peut faire à rebours. On ne peut revivre sa vie à l'envers. Mon père me faisait souvent la morale ; je m'en souviens comme si c'était hier. Il me répétait des maximes, des préceptes, mais il ne me contraignait pas en même temps à les mettre en pratique. Il ne s'apercevait pas qu'en agissant de la sorte il se montrait d'une inconséquence incroyable. La règle m'était bien prêchée, mais personne n'attendait de moi que je paye d'exemple !

Sa parole prend une allure saccadée, sèche :

— Ai-je pris le mauvais pli dès cette époque ? Très jeune, encore enfant, j'avais essayé de débaucher une gamine.

El Hadj soupire.

— Vous ne manquez pas de franchise, vous avez beaucoup de courage. Mais ramener toutes ces choses à la surface... Ce que vous avez ou n'avez pas fait ! Je sais que vous possédez de la volonté, de la persévérance. Servez-vous-en pour nettoyer votre âme, et non pour l'obscurcir davantage.

La voix vibrante de sympathie, il pose sa main sur l'épaule de Djamal.

— Tel que je vous connais...

Il s'arrête et le regarde bien :

— Tel que je vous connais, vous trouverez l'énergie nécessaire pour le faire. Et votre mérite n'en sera que plus grand. Vous êtes un monarque méconnu, vous portez la couronne : il vous faudra conquérir le trône. Pourquoi ne remporterez-vous pas aussi cette victoire ?

Ces paroles touchent Djamal, qui baisse les yeux et répond avec une ardeur contenue :

— Je veux me mettre au travail. Je recommencerai ma vie, je vous le promets. J'irai au-devant de mes semblables, les bras ouverts. Je ferai le bien selon mes forces.

— Dieu vous fortifiera dans vos résolutions. Embrassez-moi. Que je vous embrasse ! Vos paroles me réchauffent le cœur.

Djamal reprend sa place. Il se tient la tête entre les mains. Quelque chose d'incompréhensible se passe en lui.

Là-dessus, un mendiant s'approche de la porte du magasin. Chenu, les épaules amples, il tient un gourdin avec lequel il bat le sol. Sur sa large face et sur sa barbe, que la poussière des rues a poudrée, ses cheveux pendent en serpentins.

— Une obole pour l'amour de Dieu, c'est aujourd'hui vendredi, chantonne-t-il d'une voix de basse.

Il tend la main, cale son menton sur le poing qui se ferme sur le bâton, et attend.

— Avance, mon maître. Entre chez moi, sois le bienvenu.

UN ÉTÉ AFRICAIN

Le mendigot, comme s'il n'avait pas entendu ces mots, ne remue pas. Il attend toujours sur le pas de la porte.

— Entre, répète El Hadj. Ne sommes-nous pas tous frères ? Ne sommes-nous pas les branches d'un même arbre, les doigts d'une même main ?

Cette fois, le vieillard s'ébranle. Pénétrant dans la boutique, il a de la difficulté à passer par l'entrée qui est exiguë et se cogne aux murs. Quand il est à l'intérieur, il s'arrête devant les deux hommes ; El Hadj va dans le fond de l'échoppe prendre une petite caisse.

— Viens t'asseoir, petit père. Pardonne-moi si je suis un peu à l'étroit ici. Dieu met au large ceux qui ont le cœur patient.

L'autre se déplace tout d'une masse, se pose avec lenteur et précaution sur la caisse.

— Allah ! gémit-il de sa voix de ventre.

— Tu voudras bien m'excuser. Je vais te laisser seul, une demi-minute tout au plus. D'ailleurs, il y a monsieur ici présent.

El Hadj se tourne vers Djamal.

— Tu ne seras pas tout à fait seul.

Il s'éclipse.

Il revient bientôt, d'un bras tenant serrée contre sa poitrine une miche plate et tendre comme on en fait pour le commerce, tandis que sa main libre remise de la monnaie dans une bourse de basane à poches multiples. Il retourne derrière son comptoir, y remplit de

*leben* un pot en émail après qu'il a remué un volumi-
neux bidon de fer.

— Du petit-lait de ce tantôt, tout frais. Respire un
peu pendant que je te prépare à manger.

Il apporte le petit-lait et le pain. Les mains du
mendiant se tendent avec des mouvements inquiets.
Djamal se rend compte alors que le vieux n'y voit pas.

Ce dernier prononce :

— Au nom de Dieu.

Il commence à manger.

— Quelle est la situation, mon seigneur ? demande
El Hadj.

Il regarde la miche s'effriter dans sa vaste main.
Djamal observe la scène en témoin muet ; il lève les
yeux sur le mendiant, considère El Hadj avec attention,
puis s'enfonce dans de confuses pensées.

« Je ne suis pas un imbécile. Pourquoi ne pourrais-je
pas comprendre le bien ? S'il faut que j'use toutes mes
forces pour ce faire, soit ! je les userai. Je ne suis ni un
mauvais, ni un incapable. Mes efforts doivent s'em-
ployer à forcer le mal où qu'il gîte, à aider mon pro-
chain. Ce sera là ma tâche. Je travaillerai honnêtement,
je gagnerai mon pain à la sueur de mon front. J'exerce-
rai une bonne influence sur mon entourage. Pourquoi
ne me rendrai-je pas utile ? Je sens une force en moi que
d'autres ne possèdent pas. »

De nombreux passants, courbés sous des ballots, se
succèdent devant la boutique. Des gamins se mêlent à

eux ; un tintamarre qui se répercute de proche en proche emplit l'étroite ruelle et ses abords.

Le regard de Djamal retombe sur le vieux gueux dont il a, pendant quelques instants, oublié la présence. Une angoisse diffuse l'assaille.

« Et s'il me manquait la vocation d'être, simplement ? se dit-il. Y a-t-il rien de vrai, de sincère, dans mes aspirations ? Tout ce que je cherche, n'est-ce pas de me tromper moi-même ? De tromper le besoin d'agir qui est en moi ? »

Le mendiant a fini de manger ; après s'être secoué les nippes, il quitte l'échoppe. Le regardant s'éloigner avec une sorte d'attention étonnée :

— En ce qui me concerne, c'est une affaire classée, dit Djamal.

Il hausse les épaules.

El Hadj, faisant écho à la phrase du jeune homme :

— Je vous comprends et je compatis à votre...

— Je vous remercie... Je ne me plains pas.

Djamal aurait voulu dire encore quelque chose, il songe : « Plus on examine les raisons qui font agir les gens, plus on étudie leur comportement, et plus on a l'impression qu'un brocanteur de destins s'est mis en tête de solder toutes ces existences. » Puis il préfère garder le silence.

Entendant la voix d'El Hadj s'élever, il s'arrache à ses pensées, il écoute.

— Nous sommes plus innocents de notre destinée que vous ne le croyez. Loué soit Celui qui en a décidé ainsi. Notre sort est bien trop cruel et injuste, pour que nous en fassions retomber sur nous-mêmes l'entière responsabilité.

— Ce n'est pas ce que j'ai voulu dire, fait remarquer Djamal.

Il veut s'expliquer et, à ce moment, il lui semble entendre quelqu'un d'autre parler à sa place :

— Il existe sûrement un côté inconnu de la vie où il est possible de trouver le salut. On le découvrirait en cherchant de toutes ses forces... Tenez, en choisissant par exemple dans les circonstances de la vie celles qui vous ont le plus soutenu, le plus protégé, en les soudant ensemble et en les élevant comme des barricades mystérieuses...

El Hadj le considère d'un air surpris. Le vieil ami sourit ; il dit d'un ton presque tendre :

— Vous voilà plus près de la vérité.

Les yeux de Djamal s'embuent soudain ; le jeune homme se lève sans dire mot. Il s'approche de la porte et regarde le mouvement de la rue qui lui apparaît à travers un voile brillant de larmes.

Quand il revient, il trouve El Hadj qui sourit encore.

— Sans vous, j'aurais été perdu, confesse Djamal. Vous m'avez aidé à passer des moments affreux.

Le vieil homme ne répond rien.

— Vous seul m'avez soutenu. Vous seul avez fait preuve de patience, m'avez écouté jusqu'au bout. Pardonnez-moi mes divagations.

Djamal se promène dans l'échoppe. Il va une fois de plus vers la porte.

— Ceux-là seuls restent des hommes sans vocation, qui...

Il n'achève pas sa phrase. Il contemple la foule qui s'écoule sans fin devant lui.

# X

Yamna bent Taleb qu'on voit de dos, au jardin, examine les plantes, en redresse quelques-unes, en arrose d'autres. Le matin rayonne d'une clarté pure, troublante ; personne n'est levé encore dans la maison. Entre le chant et la parole, elle fredonne tout bas :

> *Ce matin entrouvre ses yeux*
> *Dans la brume, la solitude*
> *Et les quelques fleurs de la steppe.*

Ensuite, elle fait couler un peu d'eau d'une aiguière.

> *Là-bas des herbes sèches brûlent,*
> *Tout là-bas palpite une voile*
> *— Ou est-ce une femme qui marche ?*

Un grand silence baigné de fraîcheur vole : on n'entend que le bruit de l'eau, les pépiements des oiseaux.

*Je regarde ces terres rouges...*

Yamna s'arrête, elle se penche sur des fleurs.

*Je regarde ces terres rouges
Et pense : « C'est peut-être tout
« Ce qui me fait un cœur tenace. »*

Après une nouvelle pause, elle reprend :

*Une voix s'élève soudain
Et me répond dans la lumière...*

A pas furtifs, Rahma entre dans le patio, portant
une table basse chargée d'un service à petit déjeuner
pour plusieurs personnes. Elle la pose devant la banquette ; les tasses tintent. La servante se fige, puis elle
s'éloigne sans faire de bruit avec ses pieds nus.

Toujours occupée à soigner les plantes :

— Ma fille, presse le ménage, dit Yamna. Le soleil va
bientôt paraître et il ne sera plus possible de rien faire.

La servante s'immobilise au milieu de la cour.

— Oui, maîtresse.

— Tu n'oublieras pas non plus de couper l'eau, ici,
lorsque tu reviendras pour desservir.

— Non, maîtresse.

— Les plantes périraient si on les arrosait aux heures chaudes. Zakya est-elle levée ?

— Oui, maîtresse. Je crois qu'elle ne va pas tarder à
descendre.

Rahma attend quelques secondes. Comme on ne lui adresse plus la parole, elle se retire sur la pointe des pieds.

> *Une voix s'élève soudain*
> *Et me répond dans la lumière*
> *Infinie et toute tremblante :*
> *« Au fil des saisons que les ans*
> *« Passent, mais jeune je demeure,*
> *« Jeune je renais ; aussi jeune*
> *« Que ce jour encore trempé*
> *« De rosée et froid. Aime-moi ! »*

Yamna jette des regards autour d'elle comme si, inquiète soudain, elle voulait s'assurer qu'elle est seule. Aucune présence étrangère. Pourquoi des peurs si bizarres fondent-elles sur vous comme un voleur, des fois ? « Comme un voleur », c'est bien ce qu'elle pense en ce moment. Rassérénée, elle retourne à son occupation.

> *Et le vent reprend :* aime-moi...

Elle soupire, laisse là les fleurs à la fin et vient dans le patio. Elle pose l'aiguière, en passant, au pied d'une colonne, puis s'arrête, indécise, la mine soucieuse.

Zakya arrive sans que sa mère la voie.

— Maman, chuchote-t-elle.

Yamna tressaille. Elle change d'expression, redevient souriante.

— Ma petite maman, tu m'as fait peur ; tu avais l'air

tellement absorbée... que je ne te reconnaissais plus !
Oh ! ce que tu m'as fait peur !

La jeune fille rit doucement. Elle prend la main de
sa mère, y dépose des baisers, la frotte contre sa joue.

— Je pensais à toi, ma chérie.

Zakya pousse un petit cri d'effroi.

— A moi ?

— Tu éprouves de la peine à vivre.

— Mais... non.

— Pourquoi ne pas en convenir ? Le mariage, tu n'en
veux pas ; un emploi, tu n'en veux pas ; et même tes
études ne paraissent plus t'intéresser. Tu recherches ou
tu attends quelque chose... quelque chose que j'ignore...
Tu poursuis un impossible rêve, ne dis pas non ! et la
vie t'est à charge.

Devenue sombre, Zakya baisse la tête.

— Oui.

— Reste à savoir si ce quelque chose existe...

— Alors il vaudrait presque mieux disparaître !

Yamna lui lance un regard angoissé. Elle ne dit rien,
va s'asseoir sur la banquette et se met à remplir un bol
distraitement.

— Tu ne me réponds pas, maman, c'est donc que j'ai
raison. Je suis sûre que tu me comprends : je suis terri-
blement inquiète, je ne saurais dire pourquoi. J'ai
l'impression que l'existence m'a flétrie déjà et qu'un
horrible vide s'est creusé dans mon cœur... Prendre un
emploi ? Fonder un foyer, avoir des enfants ? Pourquoi ?
Pour qui ? Pas pour moi, je n'en veux pas. Pourquoi

laisser venir au monde d'autres êtres qui n'auront que faire de la vie ? Oui, c'est vrai que je ne suis plus en repos, que je ne trouve plus d'issue...

— Zakya !

— Pardon, maman !

La jeune fille se cache la figure dans ses mains.

— Je ne sais plus ce que je dis, je blasphème, je réprouve l'existence que tu m'as donnée, l'existence qui est la tienne, la vôtre à tous...

— Calme-toi, viens t'asseoir, ma chérie ; là, près de moi.

Zakya, soudain détendue, s'installe près de sa mère :

— Je voudrais avoir le cœur en paix et apprécier la beauté de ce matin d'été. Je voudrais avoir le cœur en paix et accepter ce que le sort nous offre en partage, aimer tout simplement la vie... La vie... Ah ! si tu savais comme je le voudrais !

Yamna attire sa fille contre elle.

— Calme-toi, ma chérie, calme-toi.

— J'en suis incapable. Ça me fait si mal, la tranquillité !

— Je le sais ; calme-toi, je t'en supplie, calme-toi...

Sa mère la berce.

— Voilà ! murmure Zakya. Je ne puis que donner du souci à mes chers parents en réponse à leur tendresse. Ce n'est pas bien...

Elle se redresse, regarde Yamna :

— Dans ce monde, même l'affection tourne à l'aigre. Qui en est responsable ? Personne... et peut-être tout le

monde ! Cela changera-t-il un jour ? Je suis coupable
envers vous.

— Coupable, toi !

— Oui, affirme Zakya.

— Mon enfant, vois-tu, je ne comprends pas ces
choses-là ; je suis une pauvre femme, trop ignorante,
qui n'a jamais mis les pieds dans une école. De mon
temps... Mais à quoi bon en parler !

Yamna se tait et réfléchit.

— Je ne comprends plus ceux de ton âge, pense-
t-elle tout haut. Avant, il ne venait même pas à l'idée
d'une femme de faire des objections contre le mariage,
ça n'arrivait jamais de la vie ! Et qui d'ailleurs lui
demandait son avis ? Quant à travailler hors de chez
elle, à s'occuper d'autre chose que son ménage, son
mari, ses enfants... la question ne se posait pas.

Elle considère sa fille :

— Dis-moi ce que tu veux, je finirai probablement
par te comprendre...

— Ce que je veux ? Ce qu'il me faut ?... Je n'en sais
rien moi-même. Rien ne me manque, j'ai de tout en
suffisance. Que puis-je demander de plus ?... Je rêve
d'une autre vie, de quelque chose qui plane au-dessus
de la vie de tous les jours... D'un monde libre, vivant...
Regarde ces nuages qui volent si haut dans le ciel : ces
nuages sont mes pensées et mes pensées sont des
nuages...

— Mon Dieu, qu'y a-t-il ? Secourez-moi ! Je n'entends goutte à ce qu'elle dit ! gémit Yamna à part.

— Et que dans ce monde... chacun se sente content de soi et des autres. Mais peut-être devrais-je d'abord essayer de comprendre ce qui se passe autour de moi...

Zakya continue à songer. Avec une grande douceur, comme si elle craignait de la tirer de sa rêverie, sa mère dit :

— Il faut un peu de patience, ma chérie. Tu ne...

— Comment veux-tu que j'aie de la patience, maman ? Tu ne sais pas ce que j'éprouve.

— Que faire ? Le mal se prend en patience, et on vainc mieux le sort par le silence.

— C'est avec cette sagesse que vous nous paralysez. Il n'y a qu'à s'habituer à ne pas respirer et puis dire que l'air n'existe pas. Oublier le mal, oublier la fatalité à laquelle nous sommes vouées : c'est là tout ce que tu me proposes ? Ah ! mon Dieu !

— Zakya, ne sois pas trop sévère pour ta mère. Je te connais : tu n'as pas mauvais fond...

— Que savons-nous les uns des autres ? Que savons-nous de ce qui nous conviendrait le mieux ? Que savez-vous de moi ?...

— Zakya, j'ai pitié de toi !

— Ta compassion pour moi, comme je la comprends ! Je me ronge et me désespère, j'ai le cœur dans un étau. Aie pitié de ton enfant, mère. Quel malheur d'être née !

Moukhtar Raï surgit à l'improviste ; il semble d'humeur joyeuse.

— Vous commencez à déjeuner sans moi ? En voilà

des friponnes ! Avez-vous remarqué les merveilleux matins que nous avons en ce moment ?

Il respire profondément en mettant les poings sur les hanches et en gonflant la poitrine.

— On les croirait ravis au Paradis !

Zakya se lève.

— Pourquoi ? demande son père. Je te fais peur ?

— Papa, assieds-toi, fait la jeune fille en montrant la banquette de la main.

— Où vas-tu ? Reste à ta place !

— Je vais chercher un tabouret.

Moukhtar Raï éclate de rire comme s'il s'agissait d'une bonne plaisanterie.

— Ah ! Ah !

Zakya partie, son père s'installe sur la banquette, près de Yamna. Il commence à prendre son petit déjeuner. Après quelques instants :

— Femme, dit-il.

— Qu'y a-t-il ?

— Je n'ai presque pas fermé l'œil de toute la nuit.

— Oui ?

Yamna paraît troublée.

— Qu'est-ce...

— Je pensais à cette question de mariage ! M'est avis que ce ne serait pas une mauvaise chose. Hein, après tout ! D'autant que... qu'il faudra en passer par là un jour ou l'autre et que, pour ainsi dire... tout le monde se marie ! De plus, chacun sait de qui elle sera la femme. Il n'y a en somme aucune difficulté à ce que la chose se fasse dès maintenant, puisque nous n'avons pas à chercher de mari, qu'il est tout trouvé. Au fond, à bien y voir, pouvons-nous souhaiter mieux ? Et avons-nous même envisagé, toi ou moi, que nous la marierons à quelqu'un d'autre ? Non ! Les gens nous envieront notre chance, tout nous sera merveilleusement facilité... Et notre fille nous restera ; même mariée, tu l'auras toujours auprès de toi !

Yamna regarde son mari qui semble ému par sa propre éloquence.

— C'est toi qui sais ; c'est toi le père. Décide comme tu l'entends.

— Mais toi... Qu'est-ce que tu en penses ?

Elle répond, s'animant au fur et à mesure qu'elle parle :

— Pour ce qui est de moi, tout est prêt depuis longtemps : son trousseau est au complet, il n'y manque pas une taie d'oreiller, un bonnet de bain, ni une épingle. Je lui ai fait trente pièces de chaque effet, trente robes de soie, trente chemises, trente...

— Tu lui en parleras, si tu veux, pour voir.

Fébrile :

— C'est entendu, acquiesce Yamna. Le tissu de sa toilette de cérémonie est acheté ; il ne reste qu'à le porter aux couturières le jour où on dira que...

— La voilà qui arrive ! Attends que je m'en aille, pour lui en toucher un mot...

S'approchant, Zakya pose le tabouret qu'elle tient, mais ne se décide pas à s'asseoir. Elle regarde ses parents d'un air déconcerté. Son père se dépêche d'avaler son petit déjeuner.

— Assieds-toi, lui dit-il. Pourquoi restes-tu debout ?

Il consulte sa montre et bondit aussitôt sur ses pieds.

— Hop ! c'est l'heure ! Je file !

Il sort rapidement. Restées seules, la mère et la fille ne trouvent plus rien à se dire.

Enfin, avec un accent de tendresse émue, mêlée de gravité, Yamna commence le discours qu'elle a préparé.

— Ma fille, ton père a parlé. Oui, il a dit que ce mariage...

— Quel mariage ?

— Ton mariage.

Toutes les deux se dévisagent en silence. Yamna ajoute à voix basse :

— Il a dit que ça devrait pouvoir se faire...

Elle se trouble.

— Moi, je suis prête... tente-t-elle de poursuivre encore. Tout est prêt... Sabri est un excellent garçon, bien qu'un peu... Enfin, pourquoi attendre ? Puisque... Zakya, qu'as-tu ?

La jeune fille reste muette, comme frappée de stupeur. D'une voix rauque, éprouvant de la difficulté à former des sons :

— Mais qu'est-ce qui vous a pris ? demande-t-elle.

— C'est ton père qui en a décidé ainsi, je le jure ! Je n'y suis pour rien, moi !

Zakya éclate en sanglots.

— Aïe... Aïe... Que se passe-t-il encore ?

Mᵐᵉ Raï arrive en se tenant les reins d'une main et
en s'agrippant de l'autre à tout ce qu'elle rencontre
sur son passage.

— Allons, qu'y a-t-il, mon beau trésor? Tout doux,
tout doux!

— Je lui parle de mariage, explique Yamna, et elle
se met dans cet état! C'est son père qui m'en a chargée.
Voyez-la qui répand toutes ces larmes! Si ce n'est pas
malheureux!

— Oh! qu'elle est bête! Viens, ma colombe.

La vieille dame attire le visage de Zakya contre son
sein, embrasse sa petite-fille, la dorlote.

— Grosse bête! Allons, assez! On sait ce que signi-
fient de telles larmes; on dit bien : « Je pleure, mais je
me marierai. » Bien d'autres avant toi en sont passées
par là.

— Mon Dieu, où irais-je? Que faire? s'écrie Zakya,
la voix entrecoupée de sanglots.

Elle se lève, écarte sa grand-mère, et reste un instant
à regarder devant elle, hagarde. Se méprenant sur le
sens de l'interrogation chargée d'angoisse de sa fille,
Yamna répond :

— Mais tu n'iras nulle part, tu demeureras toujours
ici, près de nous...

— Que faire?... Que faire?... Que faire?...

Zakya se dirige comme une somnambule vers une
chambre; les deux femmes la considèrent, éberluées.

Se ressaisissant, Yamna demande à sa belle-mère :

— A votre idée, que faut-il faire?

— Eh ! Il n'y a qu'à laisser passer... Elles sont toutes comme ça. Et moi, toi, bien avant elle, nous avons joué la même comédie à nos parents. Nous sommes allées quand même chez notre époux et ça n'a pas été la fin du monde pour autant !

— Bien sûr ; il ne peut pas en être autrement.

— Nous autres femmes, nous sommes sottes par nature, et lorsque nous sommes jeunes, c'est pis que tout ! Elle séchera ses larmes, et ça ira mieux. C'est comme la pluie de printemps : ça tombe dru, ça inonde tout, mais l'instant d'après il n'en reste pas trace. Ne prends pas ses façons au sérieux, si tu veux que je te dise. C'est la règle : il faut qu'une jeune fille pleure quand on lui annonce qu'elle est promise.

Hésitante, Yamna conteste avec amertume :

— C'est que, voyez-vous, Zakya me donne du souci. Elle est triste et préoccupée, on dirait parfois qu'elle n'a plus toute sa raison. Mon enfant a été pourtant élevée dans le respect de ses parents et dans la vertu. Elle est pure comme une colombe, nous l'avons protégée et gardée de tout. Il a fallu que ces maudites études viennent lui corrompre le cœur ! Nous avions pensé lui donner une éducation digne d'une bonne famille, et elle n'a appris que poison et tentation. Je m'en rends bien compte maintenant. Elle doit avoir la tête farcie de sottises... Comme pas mal de filles d'aujourd'hui.

Voyant que sa belle-mère l'examine d'un œil aigu Yamna se tait par respect ; elle croit que la vieille femme veut dire quelque chose. Mais celle-ci ne bronche pas, et la bru poursuit :

— Elle ne s'arrête pas de lire. Elle a tout le temps un livre entre les mains. J'ai beau la prier : « Tu finiras par t'user les yeux, ma fille. » Rien n'y fait.

— Ma foi, je l'ai toujours dit ! déclare brusquement M^me Raï. Mais personne ne veut m'écouter, et je passe pour une vieille radoteuse ! Le mariage, pour une femme, c'est sa fonction, son travail, sa carrière, sa destination. Dis-moi un peu ce qu'elle pourrait faire en dehors de ça ? Et qu'est-ce qu'une femme non mariée ? Hein !... Moins que rien !

— Moins que rien... c'est vrai.

— Une femme ne doit vivre que pour son mari, sa maison, ses enfants. Elle a été créée pour ça, ma bru. Et que celle qui veut en faire à sa tête craigne Dieu ! Il n'y a que les... filles perdues qui, pour leur malheur, ne se conforment pas à cette sainte loi. Mais qui est-ce que fait cas d'elles, celles-là, ou les respecte ? Personne !

— Personne.

— Aussi le seul et unique capital d'une jeune fille n'est ni son instruction, ni son savoir-faire, ni même sa beauté, mais son... innocence ! Sans ça, elle ne vaudrait fichtre pas un liard coupé en quatre !

— Evidemment.

— Et, mariée, sa règle de conduite doit être la crainte et la soumission : ainsi seulement elle mériterait sa place sur terre et au ciel.

— Tout est dans la volonté de Dieu. Qu'il nous préserve des égarements.

Yamna devient pensive. Mais sans s'en rendre compte, elle retombe dans ses préoccupations.

— C'est ma fille... Pourtant je ne la reconnais plus. On dirait qu'elle nous fuit, qu'elle fuit tout le monde, que tout la blesse... Qu'un gouffre infranchissable nous sépare d'elle...

— Fadaises, que tout ça ! rétorque la vieille femme. Zakya ? Elle a un petit cœur d'or, elle aimera n'importe quel mari ! Pourvu qu'il s'en présente un de bonne souche et tel qu'il n'y ait rien à dire sur son compte.

— Savez-vous que c'est au cousin Sabri que...

— Eh ! que racontes-tu là !

M^me Raï, prise au dépourvu, demeure bouche bée.

— Votre fils vient de me faire connaître sa décision à l'instant, affirme Yamna.

Retrouvant tout de suite son assurance :

— Dieu te bénisse ! se récrie la belle-mère. Comme si tout le monde ne savait pas qu'on va la donner à son cousin ! Ma chère, il n'y a là rien que de très normal.

— Oui, bien sûr.

— Je voudrais bien connaître ceux qui trouveraient à y redire ! Que lui manque-t-il, à ce garçon ? Un bras, une jambe ? Il n'est ni cul-de-jatte, ni idiot ! Alors ? Il vaut mieux que beaucoup d'autres, à tout prendre. Et puis, n'importe quel homme convient à n'importe quelle femme !

— Vous ne dites que ce qui est juste.

Yamna s'absorbe dans un silence morne.

— Mais... j'avoue que sa conduite... m'inspire des craintes.

— Tu veux dire qu'il mène une mauvaise vie ? C'est donc qu'il faut hâter les noces ! Notre Zakya est une jeune fille sage, elle le freinera ; autrement, s'il restait célibataire, il tournerait tout à fait mal.

— Que ce qui est arrêté par le destin s'accomplisse.

— Tout ira pour le mieux. Du reste, aucun épouseur ne se présentera, sache-le bien, tant que son cousin ne se sera pas prononcé. Et lui, que dit-il ?

— Qui ?

— Mais Sabri, voyons ! Le futur !

— Ah !... Il n'est pas au courant ! Nous ne lui avons pas encore demandé son avis !

Poussant une clameur, la vieille dame s'applique des claques sur les cuisses :

— Comment ! Il n'en sait rien encore ? Et il dort pendant qu'on le marie ! Rahma ! Rahma ! Arrive donc, fainéante ! Rahma ! Viendras-tu, oui ou non ? Gare à toi !

La servante accourt, plus morte que vive.

— Amène-moi Sabri sur-le-champ ! Tire-le de son lit s'il le faut ! Et s'il n'est pas ici tout de suite, tu auras affaire à moi ! Prends garde ! Dis-lui que je veux qu'il vienne séance tenante ! Et qu'il ne traîne pas, dis-lui !

La servante repart au trot pendant que M$^{me}$ Raï ronchonne en braquant sur sa bru des yeux furieux.

— Dans un instant, il saura ce qui l'attend. Ces jeunes hommes d'aujourd'hui, je ne sais pas comment ils sont faits ni ce qu'ils ont dans les veines, mais ce sont des poules mouillées !

Sabri arrive, empaqueté dans un pyjama rose froissé, l'air passablement ahuri et ensommeillé.

— Alors, te voilà ? lui lance sa grand-mère. Sais-tu quoi, mon ami ? Prépare-toi à te voir marié d'ici peu avec ta cousine !

— Mais...

— Comment, mais ? Tu as l'impudence de protester ! Veux-tu...

— Mais ça ne peut pas se passer comme ça ! Sans que...

— Ce sera comme ça et pas autrement ! Va, maintenant, retourne d'où tu viens !

Décontenancé, Sabri contemple la vieille femme, hésite, puis rebrousse chemin.

Grondant dans son dos :

— Regardez-moi celui-là ! On dirait qu'il n'est pas content ! profère M$^{me}$ Raï. Tant pis ! Rahma ! Rahma !

La jeune domestique réapparaît sans se faire attendre.

-- Porte son café au lait à cet animal !

# XI

Le vieillard tout de blanc vêtu s'en va par la ville, droit dressé, ne craignant pas les rafles organisées à grand renfort de policiers, de légionnaires, de C.R.S., point intimidé par les Européens qu'il sait armés et furieux, et ne leur cédant pas le passage. Ainsi qu'une pensée involontaire, des mots s'échappent de ses lèvres :

« Je vous hais ! J'espère que vous le voyez. Je vous hais et je vous méprise. Moi aussi, j'ai un fils *là-bas* ! Qu'attendez-vous pour me tuer ? Vous n'avez si peur que parce que vous avez toujours été lâches. Les armées du monde entier ne pourront vous sauver. Mon fils, et tous les fils de ce pays vous enterreront ! »

Jamais Baba Allal n'a été aussi bouleversé. Que d'hommes arrêtés tous les jours, malmenés ! A croire qu'un plan de châtiment général est mis en œuvre. A l'horreur de ces scènes s'ajoute celle, plus discrète, des tortures dont on se transmet les détails à mots couverts, ou la terreur répandue par « La Main Rouge » qui enlève les gens, de nuit, et... Baba Allal contemple sa ville avec des regards qui sortent d'un rêve.

Le cœur serré, il touche le mensonge sur quoi repose son existence, — son existence, comme celle de ses deux autres fils. On se terre, à l'écart de tout risque, on s'accommode des humiliations, et, dévidant ainsi une vie retranchée, on ne néglige cependant pas ses affaires. « Du bois dont on fait les traîtres », se dit Baba Allal, la mort dans l'âme.

Il se sent triste et misérable. Il constate combien les hommes sont dignes de mépris. Vivre lui est devenu insupportable ; depuis ce matin, il est incapable de rester à la maison. Malgré les dangers qu'il y a à sortir, il parcourt la ville, il est même tenté par moments d'entrer dans les cafés... Lui qui, de toute son existence, ne s'en est jamais approché !

Il longe la rue Neuve, quand une toute vieille femme pliée en deux l'arrête. En nage, elle porte sur son dos un garçon de cinq à six ans. Elle respire péniblement ; l'enfant s'agrippe à elle comme une monstrueuse araignée et, de fait, il en a la maigreur et l'immobilité.

Ayant repris son souffle, d'une voix de souris elle s'informe :

— Sidi Allal, le bonheur soit avec toi, comment vas-tu ? Comment va Lalla Zohra ?

Il reconnaît alors Ftéma bent Seghir qui vient souvent en visite chez lui, où on l'assiste régulièrement. Elle se tient cassée, mais la tête levée ; les pans de son voile retombent autour de sa figure. Un tel air de bonté se dégage de son pauvre visage flétri, de ses yeux d'où coule de la douceur, qu'il est soudain heureux de cette rencontre.

Comme il ne lui répond pas, elle réitère sa question à mi-voix :

— Comment vas-tu ?...

Baba Allal dit enfin :

— Bien, petite mère, Dieu te bénisse.

Elle le regarde, souriante. Alors il se met à la questionner :

— Pourquoi te charges-tu de ce grand garçon ? Ne pourrait-il pas marcher tout seul ?

Elle réplique :

— Le pauvre chéri ! Vois ce qu'il a.

Elle soulève la jambe droite du gosse installé à califourchon sur ses reins, montre la plante de son pied. Une poche d'humeur verdâtre, surmontée d'une pointe noire, s'y étale vilainement. La fièvre plonge dans l'hébétude le garçonnet, l'obligeant à poser la tête entre les épaules de la vieille femme.

— C'est mon petit-fils, il ne me reste que lui. Tu sais qu'il a perdu sa mère, le pauvre mignon, et qu'on a envoyé son père à la maison des fous.

La figure de Ftéma bent Seghir retombe contre sa poitrine. Baba Allal croit que ce mouvement est dû à de la lassitude. Mais lorsqu'elle relève la tête, il remarque que des larmes noient l'habituelle lueur de joie de ses yeux. Elle sourit pourtant.

— J'ai sorti le pauvre chéri pour le distraire un peu.

L'enfant se redresse à ce moment avec lenteur ; la maigreur de ses bras est effrayante à voir. Il éternue deux ou trois fois, avec des pauses.

— Recouche-toi, mon trésor ! recommande la vieille, inquiète et louchant vers lui.

Elle fait mine de le bercer.

— Il faut que je m'en aille, dit-elle ensuite dans un chuchotement.

Le garçon a replacé sa tête entre les épaules de sa grand-mère ; il semble s'être endormi.

— Va, Dieu te préserve du malheur, prie-t-elle entre ses lèvres.

Et elle part. Tandis qu'il la regarde s'éloigner, Baba Allal — c'est à lui qu'elle a adressé ces dernières paroles — ressent quelque chose de curieux : le désespoir pèse moins lourd sur son cœur.

Il continue sa promenade. De son grand air, il salue le moindre passant qu'il prend pour une connaissance, alors que d'ordinaire il est la froideur en personne. Au lieu de leur monotone expression de hauteur, ses traits dénotent une animation inhabituelle ; même ses yeux brouillés semblent luire.

## XII

Evitant de parler trop haut :

— Une ! Encore une, *ima* Safia ! prie Rahma. Nous en avons le temps, nos maîtres font tous la sieste ; encore une devinette, petite mère, va !

La lumière crue, dévorante de deux heures de l'après-midi tombe dans la cour qui brûle, et la traverse avec des vibrations éblouissantes.

La cuisinière répond :

— Tout le monde dort, le soleil consume l'air, les oiseaux craignent de voler. Même pour nous, c'est une heure de repos. Laisse-moi tranquille !

— Tout le monde... sauf une que je connais !... Sauf une, qui doit errer en ce moment de chambre en chambre comme une âme en peine.

— Et qui c'est-y, parleuse ?

— Parbleu, notre petite maîtresse Zakya !...

Rahma étouffe un rire nerveux. Fille d'une quinzaine d'années, trop vite développée, elle est belle, délurée.

Les deux servantes sont assises par terre, dans le pan d'ombre qui baigne une partie du patio.

Safia grogne :

— Ta langue te démange, vilaine ! Qu'elle t'étouffe ! Veux-tu t'occuper de ce qui te regarde ?

— Alors, encore une, *ima* Safia... Encore une.

— Tout le monde se repose. Que je me repose, moi aussi.

— Une ! Une ! Une ! Encore une ! Je ne te laisserai pas...

— Cesseras-tu à la fin ? Tu vas réveiller les maîtres avec ton caquetage !

— Ceux qui dorment ne seront pas réveillés par mes paroles, et ceux qui veillent ne pourront pas trouver le sommeil, même comme remède à leurs yeux fatigués...

— Langue d'aspic !

Safia soupire et, avec un air de contention, se décide :

> *Meule sur meule*
> *Mais ne moud pas ;*
> *Tête de serpent*
> *Mais ne mord pas ;*
> *Plonge et nage*
> *Mais poisson n'est pas...*

Rahma part d'un rire subit.

— Folle ! Te tairas-tu ?

La cuisinière la tance de sa grosse voix caverneuse. Et s'en prenant à elle-même :

— C'est de ma faute ! Je ne lui en dirai plus une, à cette sans-respect, viendrait-elle déposer une fortune à mes pieds !

Rahma fait des efforts pour garder son sérieux.

— *Ima* Safia, explique-moi ce que signifie ta devinette ?

Elle pouffe de nouveau.

— Je n'y comprends rien !

— Devine toi-même, sotte ! réplique l'autre. Arrête de te tortiller comme un ver ! Quoi ? Tu as le diable au corps ? Cherche, ou bien va-t-en de mes côtés.

Rahma se fait câline.

— Je vais deviner, tu vas voir !

Elle réfléchit.

— *Meule sur meule... mais ne moud pas...* La voiture !

Elle est reprise par son fou rire.

— Bêtasse ! Ce n'est pas ça !

— La souris !

— Mais non !

Rahma dit ce qui lui passe par la tête :

— L'escargot ! La machine à coudre ! L'entonnoir ! L'artichaut !

— Non, ce n'est pas ça ! Non, ce n'est pas ça ! Quelle cruche ! C'est... Non, devine !

— Dis-moi ce que c'est, petite mère, je t'en supplie...

— La tortue, gourde !

— La tortue ?

Rahma fait la moue.

— Ce n'est pas vrai.

— Comment, ce n'est pas vrai ? Parlez-moi d'une effrontée ! Puisque je te le dis ! Si tu étais là près de moi, je t'aurais pincée jusqu'au sang !

Safia fait mine de la pincer.

— Approche, tu verras !

Rahma s'esquive.

— Approche ! Approche !

— Non, j'ai peur ! Encore une, *ima* Safia !

La jeune servante s'esclaffe.

— Te dessécherais-tu sur place, que tu n'en entendras plus une de ma bouche !

Un bruit de pas parvient du jardin ; Rahma se retourne vivement.

— Tiens, Orkya ! Comment vas-tu, ma petite âme ?

— Tu as bien fait de venir écouter les sottises de cette toquée... dit Safia. Alors, tu n'as plus rien à faire à cette heure qu'on te laisse sortir ?

— Si ma maîtresse ne roupillait pas, il y aurait pour sûr quelque chose à faire ! Que je m'arrête seulement, et qu'elle s'en aperçoive, malheur ! Elle est dans tous ses états. C'est une femme comme il n'y en a pas beaucoup. Tu peux faire le travail aussi bien que tu voudras, elle n'est jamais contente !

Affectant des airs de bourgeoise, Orkya, qui est servante dans une maison voisine, parle avec componction.

— Pourquoi ça ? s'enquiert Rahma.

— Parce qu'elle est comme ça, Madame ! Elle connaît les usages.

— Parlez bas, je vous préviens, recommande la vieille cuisinière. Sinon, le diable vous emporte, je vous chasserai toutes les deux d'ici !...

Puis, comme malgré elle, elle ajoute :

— Vrai, ils ne se doutent pas des fois qu'il existe des gens comme eux... mais qui vivent si mal. Moi, ma journée finie, je m'en retourne à ma grotte où je loge avec mes enfants...

— Peut-on être aussi naïf ? Sûr qu'ils s'en doutent ! dit Orkya. Mais ça ne leur fait rien. Et même qu'ils bénissent le bon Dieu de les avoir faits différents de nous !

— Pourtant, on est tous pareillement des créatures de Dieu.

— Hé ! Hé ! peut-être ; c'est selon que ça les arrange.

— Les miens, en tout cas, de patrons, ont le cœur sur la main, il n'y a rien à dire. J'emporte chez moi du restant de manger, j'ai les habits qui ont fait leur temps.

*Ima* Safia montre sa robe.

— Je reçois de petits dons... Des comme eux, ils ne courent pas les rues, c'est la pure vérité...

— Encore une, *ima* Saf...

— Par tous les saints, veux-tu me laisser parler !

La matrone bonasse désigne Rahma du doigt et du regard.

— Vois-tu comme elle me fait ? Elle est tout le temps à mes trousses ! Je finirais par m'ensauver de cette maison à cause d'elle !

— En fin de compte, on la marie ou on ne la marie pas ? demande Orkya, changeant de conversation.

La lèvre méprisante, toisant Rahma :

— Qui ? Elle ? fait la cuisinière. Qu'elle aille se cacher dans un trou, si elle méritait de se marier !

— C'est de votre demoiselle que je parle, de la fille de vos maîtres. Qu'as-tu aujourd'hui, Safia ? Un coup de bambou t'a mis la tête à l'envers sûrement !

— Oh ! avec celle-là !...

Elle pointe son menton vers la jeune servante.

— Je ne sais plus ce que je dis ni ce que je fais ! Elle me fait tourner en bourrique ! Oui... pour ce qui est du mariage, il y a quelque chose qui se trame... Il m'a semblé...

— La nuit, le sommeil me fuit, murmure Rahma, et j'ai l'impression d'entendre chuchoter à mes oreilles : « Viens, ma petite âme, viens... » Quelqu'un me parle d'une voix si caressante qu'on croirait un roucoulement de tourterelle. Dans mes rêves, je vois des arbres du Paradis, de gais ruisseaux qui chantent et un être qui m'entoure de ses bras avec tendresse et me conduit quelque part ; et moi, je le suis partout où il me mène... Et, chaque fois, il me semble que c'est... Sabri !

Elle rit avec ravissement. Orkya sourit du bout des lèvres.

— Impudente ! gronde *ima* Safia, qui rit aussi. Ce n'est pas la peine de l'écouter, dit-elle à la voisine. Il faut qu'elle ait toujours quelque chose à raconter ! Laisse-la faire marcher sa langue. Si on prenait à cœur tout ce qu'elle invente, il y aurait de quoi devenir poitrinaire.

— Si je devais vivre comme Zakya, moi j'irais me jeter dans un puits, répond la jeune servante, le regard distrait.

— Nos maîtres n'ont de comptes à rendre à personne, si ce n'est à eux-mêmes. Ce n'est pas à toi par conséquent qu'ils rendraient des comptes.

— Moi ? Je ne veux pas les connaître !

— Tu les connaîtras de force, parce que tu as besoin de manger un morceau de pain... Et ce sont eux qui te le donnent !

— Et s'il n'y avait pas ça ?

— Ce serait peut-être différent...

— Tu vois ! Tu vois ! Tu le dis toi-même !

— Mais il y a ça !

Dédaigneuse, Rahma rétorque :

— Il y a ça... Mais s'il n'y avait pas ça, hein ?

— Hé oui ! Mais il y a ça !

— Et c'est pour quand la noce ? questionne Orkya.

— Personne ne le sait, petite mère...

— Dire que cette nigaude ne veut pas se marier ! se gausse Rahma.

— Tiens ! Elle ne veut pas ? Comment ça ?...

— Va savoir pourquoi ! Qu'elle essaye de faire n'importe quoi : à chaque fois, vlan ! tout va de travers ! Ce qu'elle me fait rire ! Je n'ai jamais vu une dinde pareille.

— A vrai dire, il n'y a que la grand-mère qui vaille

quelque chose, explique la cuisinière. Elle a de la poigne,
la vieille, tu peux m'en croire ! Et rude avec ça. Elle
mène la patronne et sa fille tambour battant. Et gare si
des fois l'une ou l'autre rue dans les brancards : elle les
mangerait toutes crues !

— Avec leurs airs de regarde-moi que je t'en mette
plein la vue ?

— Oui, mon petit cœur, qu'on me coupe la langue
si je mens ! Il n'y a que Sabri qui ne la craint pas. Lui,
sitôt dehors, il fait la fête ! Et c'est elle, la grand-mère,
qui lui refile des sous en catimini pour ses bamboches.

— Je le comprends, le pauvret ! s'apitoie la jeune
domestique. En se payant du bon temps, il les oublie ;
il serait trop malheureux s'il ne se changeait pas les
idées.

— Ça ne fait rien ! Il fallait voir comme elle l'a eu,
lui aussi. Il a dû avaler la nouvelle de son mariage sans
dire ouf ! J'en ai encore les larmes aux yeux, tant j'ai ri.

Zakya arrive tout à coup. Les trois servantes contem-
plent la jeune fille : celle-ci avance sans voir, dirait-on.

— Je ne peux pas me reposer, une frayeur étrange
m'habite, se plaint-elle tout bas. Je me fatigue à aller
d'un endroit à l'autre sans utilité, à échafauder des
plans sans but...

Elle s'arrête, a l'air d'écouter quelque chose. Les
servantes restent interdites. Zakya se croit seule dans
la cour sûrement.

— Muette, suffoquant sous la chaleur, la maison
dort ; pourtant tout est comme plongé dans l'attente.

Quel extraordinaire destin est en suspens dans cette après-midi incandescente, quelle décision ultime?... Mon cœur devine de l'hostilité, il n'est qu'incertitude. J'attends la délivrance, je rôde comme une ombre...

Elle tressaille.

— Ah!

Son attention a été attirée par le bruit qu'avait fait Orkya en se retirant subrepticement. Zakya considère *ima* Safia et Rahma, qui se lèvent pour quitter le patio.

— C'est vous!

Elle les suit du regard pendant qu'elles s'éloignent; mais au moment où la plus jeune va disparaître, elle la rappelle:

— Rahma!

Revenant sur ses pas:

— Oui, maîtresse? répond celle-ci.

Zakya ne sait plus quoi lui dire.

— Désires-tu quelque chose, maîtresse?

— Tu ne fais pas la sieste, toi?

— Non, maîtresse. Il nous faut veiller sur la maison.

— Ah...

De nouveau, Zakya a un regard absent; puis, de nouveau, elle examine la petite domestique.

— Où habites-tu?

— A la campagne, sur la route de Mansourah...

— Comment c'est? Décris-moi l'endroit.

— Comment te dire, petite maîtresse?... En bas (Rahma explique de la main), il y a des champs... Des champs tout jaunes de blé, et des oliviers autour. Ça sent partout le lait amer des figuiers et la poussière. Au-dessus, par là, c'est des montagnes. Quand on quitte la route, il y a des vignes... Et au milieu des vignes, encore des oliviers... des oliviers à perte de vue... C'est comme une grande tapisserie au soleil. Toute cette terre est au colon Barnabé ; lorsqu'on vient de la retourner, elle est si rouge qu'on croirait qu'elle saigne, et elle dégage une lourde chaleur. Nous habitons, nous, sur les talus, à flanc de montagne...

Sa maîtresse n'écoute plus. Rahma se tait. Un instant de silence passe ; Zakya murmure :

— C'est beau.

La servante se met à rire.

— Oh non ! Les maisons sont vilaines, il n'y a pas d'eau, tout est sale ; la vie y est dure. Si tu voyais ça ! Ici, c'est plus beau.

Zakya ne répond rien. Visiblement, elle pense à autre chose.

— Qu'est-ce que tu dis ?

Haussant la voix, Rahma répète :

— Qu'ici, c'est bien plus beau...

— Ah oui ?...

Zakya redevient lointaine.

— Je peux me retirer, maîtresse ?

— Bien sûr, va.

La jeune servante s'esquive. Zakya reste seule dans le patio, y fait quelques pas sans bruit.

— Personne ne pense à moi. Il faut faire quelque

chose... Mais quoi ? Toutes ces existences s'élèvent autour de moi comme un mur...

Elle s'arrête.

— Mes parents seraient-ils mes propres ennemis ? Me hait-on, me repousse-t-on, pour mieux respirer ? Oh !...

Elle s'approche du jardin d'où souffle une odeur de fraîcheur végétale.

— Je n'éprouve que rancune et haine pour l'existence qu'on m'a donnée...

Elle se met à réfléchir.

— Ma vie s'est-elle jouée ? Ah ! si nous pouvions connaître les moments qui décident de notre sort, l'existence aurait une autre signification ; elle ne nous prendrait plus au dépourvu, et nous ne nous comporterions plus à contretemps : endormis quand il faudrait être vigilants, sur le qui-vive quand le besoin ne s'en fait pas sentir !

Zakya se tait et réfléchit encore.

— Mais je n'ai pas dit mon dernier mot. Non, je n'ai pas encore dit mon dernier mot. Nous allons...

Elle entend la porte extérieure s'ouvrir et des pas craquer dans les allées du jardin.

— Qui est là ?

La voix de son oncle Allal chuchote :

— C'est moi, ma petite Zakya, n'aie pas peur. Ce n'est que moi.

Allal Taleb s'approche.

— Que se passe-t-il, mon oncle ? Rien... de grave, j'espère ?

Allal Taleb, transpirant à grosses gouttes, s'éponge le front avec un mouchoir.

— Non, rien de grave, Zakya. Je vais t'expliquer... C'est à cause de... d'une chose qui me tracasse. Je veux ton bonheur...

La jeune fille a un sourire amer.

— C'est ce qui t'a fait sortir par cette canicule ? On grille, dehors.

— Oui, bon ; laisse-moi t'expliquer, ma petite...

Il peste contre la chaleur et, de nouveau, il se frotte le front et la figure avec son mouchoir.

— J'ai voulu venir à cette heure pour n'avoir pas à rencontrer Moukhtar Raï.

— Mon Dieu ! Pourquoi ne tiens-tu pas à être vu de mon père ?

— Voici, ma petite chérie, écoute-moi bien, je n'irai pas par quatre chemins. Tout le monde ici dit : « Je ne veux pas me marier, il ne veut pas se marier, nous ne voulons pas nous marier. » Et pendant ce temps, tout le monde pense malgré soi au mariage, et sans doute même considère ce mariage comme inévitable, comme déjà accompli. *Pendant ce temps le mariage est en train de se faire...* C'est contre ça que je suis venu te mettre en garde, ma douce !

— Tu arrives trop tard, mon oncle.

— Ce n'est pas possible ! Comment ça : trop tard ? Qu'est-ce que ça veut dire ?

— Oui, trop tard. Trop tard...

Ils restent muets, l'un et l'autre.

— Papa s'est brusquement décidé, poursuit lentement Zakya. Pourquoi tant se fatiguer, se donner du
tracas. Il faut prendre la vie comme elle vient.

— Je m'en doutais, je m'en doutais, grommelle Allal
Taleb. J'en aurais mis ma main au feu ! Je savais que
ça allait se passer comme ça !... Ma colombe, confie-toi
à Dieu, fais ton devoir de bon cœur, conduis-toi honnêtement...

— Et tout ira pour le mieux, sans doute.

Une tristesse sans nom affleure dans les yeux de la
jeune fille.

— Il ne reste plus rien d'autre à faire à présent !

— Il ne reste plus rien d'autre à faire.

— Quelle malchance ! Que tout ça est inepte ! Sabri
méprise trop les... les autres pour faire un mari conve-
nable, ou pour faire quoi que ce soit de bon en général ;
et pour son malheur, il ne sait que devenir, il sera
toujours un poids mort posé sur ta vie. Son cœur est
vieux, rien ne le touche...

Le visage d'Allal Taleb s'est assombri.

— Il a tout éprouvé ; encore jeune, il est déjà blasé
et revenu de tout, il est aussi fatigué des gens et de
lui-même que s'il avait vécu dix existences ! Même
l'affection pure et sincère d'une fille sensible ne pourra
pas le contenter et aura vite fait de le lasser. Il passera
sa vie à se moquer de toi !

— Oncle Allal !... A quoi bon ces discours ?

— A quoi bon ces discours ? Oui, à quoi bon !

— Mon père désire me marier : je me soumets.
Comme il se doit. Tel est notre sort, à nous.

Elle fixe son regard triste sur l'oncle.

— Je ne veux pas aller à l'encontre de sa volonté,
pour qu'on ne parle pas en mal de moi, pour qu'on ne
me blâme pas. Il m'a donné la vie, il peut faire de moi
ce qu'il voudra, je lui obéirai. Mon cœur en sera
déchiré ?... Qu'importe. On saura au moins que je vis
selon la règle, et nul n'osera me railler.

— Dieu te viendra en aide...

— Pour mon malheur !

— Ne dis pas ça, Zakya !

— Pourquoi ne le dirais-je pas ?

— Il *lui* reste encore un moyen de sauver sa personne,
son âme et sa réputation : ce serait de se mettre au
travail comme tout un chacun.

— Quoi ? De qui parles-tu ?

— De Sabri.

— Ah !

Un silence pénible suit ces paroles.

— Oncle Allal...

— Oui, mon trésor ?

— Non... Rien. Je...

Allal Taleb fronce les sourcils.

— Dis ce que tu voulais me dire.

— Toi, il t'est possible de demander à père de renon-
cer à ce mariage, ou tout au moins de le remettre à
plus tard : en attendant que je finisse mes études, ou

128

que je prenne une place d'institutrice, n'importe quoi !

— Non, ma petite, c'est ton père, je n'ai pas le droit de contrecarrer sa volonté. Il a à répondre de toi devant l'Eternel, ce n'est pas à moi de lui faire la leçon... Parle-lui toi-même, achève l'oncle plus bas.

A cet instant, Yamna bent Taleb s'approche sans que sa présence soit remarquée.

— Si tu savais ce qu'il m'en coûte seulement d'y penser ! répond Zakya.

— On n'y peut rien, mon petit cœur ; tu ne sais pas combien il m'est pénible de te voir ainsi...

Ayant jeté un coup d'œil de biais :

— Yamna ! lance Allal Taleb.

Zakya se détourne, aperçoit sa mère.

— Je me demandais qui c'était, j'entends parler depuis un moment... dit celle-ci.

— Oui, je suis venu, explique son frère. Tu vois...

— Entre un moment, Allal. Ne reste pas là.

— Non, ce n'est pas la peine, je m'en vais.

— Tu n'es pas pressé, il fait si chaud...

Yamna s'évente avec un mouchoir, puis s'adresse à Zakya :

— Ma chérie, va te reposer un peu, tu ne tiens plus debout.

Zakya obéit machinalement, sans articuler un mot. Sa mère et son oncle la regardent partir en silence.

— Elle t'a mis au courant ?

Hochant approbativement la tête :

— Dommage ! déplore Allal Taleb.

— Quoi ? Ne gronde pas, mon ami. Si tu as des reproches à me faire, mieux vaudra me les faire sans détour. En attendant, ce n'est pas à moi qu'il faudrait s'en prendre.

— Pas le moins du monde, je ne suis pas venu pour ça. N'empêche que...

— C'est son père qui a voulu ce mariage ! Qu'y puis-je, moi ? Que suis-je ici ?

— N'empêche que c'est bien dommage... J'avais pour elle un parti sous la main, un parti magnifique ! Un fils de négociant, qui l'aurait couverte d'or et installée dans un palais ! Oui, parfaitement, dans un palais ! Une jeune fille instruite, si instruite !

Se rapprochant de sa sœur, il souffle :

— Tu ne sais pas défendre tes intérêts, ni ceux de ta fille !

— Tu oublies un peu que Sabri est son cousin et qu'en tant que tel, il a des droits sur elle... Qu'il passe avant d'autres. Personne d'ailleurs n'imaginait qu'elle en épouserait un autre...

— C'est bien ce que je pensais, malheureusement.

— Son père estime que, mariée à son cousin, notre fille nous restera... Ce garçon continuera à vivre chez nous... Et mon mari ne sera pas obligé de lui remettre la part d'héritage de ma défunte belle-sœur...

— Dans ce cas !...

Allal Taleb baisse la tête, regarde le sol un instant :

-- Au revoir, ma sœur !

# XIII

« Il était une fois... Hélas ! *il était*. Je disais, oui, dans l'indissoluble unité du monde. J'ai pris mes distances, je suis parti. Bonsoir, la compagnie. Quelle histoire ! Il était une fois. La vie n'est jamais. Ah ! la vie ! »

Les yeux ouverts, Djamal rêvasse, étendu sur le dos. Il fait durer indéfiniment ces moments de somnolence, sans souci du temps qu'il fait et qui passe. Les fenêtres donnent sur la cour ; à cette heure, les volets sont tirés. Quoique filtré par les fentes, le jour vibre dans la chambre. Ne brassant qu'un indicible vide, la pensée de Djamal se meut à travers des espaces illimités.

Réussit-il à se raccrocher à une idée ? Elle s'écroule sur-le-champ, s'évanouit en fumée. Quel cataclysme ! Banal, ininterrompu... Pas si désagréable que ça. Il a beau se dire, bien, tâchons de réfléchir. Voyons, il faut donc que... Il perd le fil. Il faut donc que... Il faut donc...

Il faut… Et il capitule, résigné. Son esprit n'en continue pas moins à battre la campagne.

Ce qu'il apprécie par-dessus tout, il l'a. Rester allongé à la même place, ne pensant à rien. Il ne gêne personne !

Pourtant il pense. Son regard vagabonde au plafond, le jour exerce des attouchements discrets sur son corps et ses sens, l'odeur de chaux fraîche des murs lui gratouille les muqueuses du nez. Avec une précision qui le bouleverse, il se voit qui marche, rencontre des gens, s'enfonce dans une foule. Il dit quelque chose. Que dit-il ? Des interlocuteurs lui répliquent…

« Qu'est-ce ? » se demande-t-il tout d'un coup.

Il refuse de moins en moins pareil jeu depuis quelque temps, quoiqu'il le redoute. Qu'a-t-il à craindre : la *petite chose* qui s'éveille en lui ? La *petite chose* qui s'approche et, comme humiliée, pleure ? Elle lui révélerait peut-être un jour son secret.

Son état l'a rempli d'un attendrissement navré. Les volets sont rabattus mais la chambre demeure ouverte sur la maison. Rien ne fascine autant que de regarder le jour manger le bord des fenêtres. La lumière monte et descend le long des traverses de bois. Djamal reste immobile, les yeux mi-clos, stupéfait. Il constate que la conscience n'est jamais aussi aiguë, soutenue, inquiète, qu'en ces instants-là, pendant qu'en soi tout se disloque et se ruine.

Il reprend : « Comment vous présenter Djamal Terraz ? Je me sens particulièrement embarrassé toutes les fois qu'on me demande de le faire. Je l'ai connu, certes, mais nos relations, qui n'étaient pas des plus suivies, n'ont nullement fait de moi un témoin privilégié de sa vie. Notre amitié, résultat fortuit du hasard, était de celles qui n'engagent à rien. Je suis par conséquent mal placé pour vous dire quoi que ce soit à son sujet... L'important d'ailleurs ne réside pas en cela, ce n'est pas ce qui compte le plus. Mon rôle se borne à avertir ici qu'après la mort de Djamal Terraz... Comment ? C'est donc que ? C'est ce dont je veux vous entretenir. La question s'est posée à moi de savoir si je pouvais le dévoiler. J'ai d'abord hésité ; il serait long et fastidieux de dire pourquoi. A elle seule, je pense, cette raison suffira. Pourtant, je l'avoue, je n'ai pu être tranquille que le jour où... En effet. La possession par ce mort me gagnait depuis... Sans y penser tout le temps, c'était vraiment affreux. A croire que l'âme du défunt ne pouvait autrement trouver la paix. Nom de nom !... Comment en suis-je arrivé là ? Question destinée à demeurer sans réponse. On n'en saura pas plus, sauf hasard extraordinaire, apparemment. »

Il faut se lever ! Djamal va pour de bon se lever et sortir quand, soudain, il est la proie d'une hallucination. L'éclairage augmente violemment puis décroît par battements réguliers. Les yeux tournés vers la lumière éperdue, il s'attend à se rendormir mais, à sa grande surprise, deux silhouettes connues se profilent devant lui. Leur intrusion dans l'étroite pièce lui paraît naturellement un peu déplacée. Gahar, le marchand de peaux, et Allam, un négociant nouvellement enrichi, tels qu'il les a aperçus ce matin même, sont ici en grande conversation, et reprenant sans doute leurs propos de tantôt.

— Ce qu'il faut au monde, c'est une âme, dit Gahar avec un accent empreint de mélancolie.

— Et de grands travaux à accomplir ! renchérit son vis-à-vis.

Celui-ci se montre véhément, mais son exaltation semble, on ne sait pourquoi, un tantinet comique. Est-ce parce qu'il est énorme et d'expression taciturne ? Djamal le sait capable de s'asseoir à une place et, immobile et muet, de n'en point bouger d'une semaine. Quant à Gahar, petit monsieur mince, à la mise soignée, il parle avec gravité. Avant d'émettre une opinion, il lisse avec soin ses moustaches effilées comme des alènes, les retrousse ensuite, les pointes en l'air.

Après un moment de silence, cet homme exhale dans un profond soupir :

— Il faut d'abord que l'âme germe en nous.

Djamal rit, notant comme on peut être abusé par ses sens. Couché comme il est, il distingue la galerie du premier ; rarement une seconde passe sans qu'une locataire y apparaisse en éclair. Surveillant ce manège, il sent à quel point la vie est dépecée par mille couteaux. Dans cette maison, une chambre touche à l'autre, entre ces murs, hommes, femmes, enfants, se pressent corps contre corps, tant en haut qu'en bas. Pourtant tous s'ignorent. Est-ce possible de s'ignorer de la sorte ?

Là-haut, une des habitantes est sortie encore. Djamal ne peut se lever, quelque effort qu'il fasse. Il éprouve un serrement de cœur, des pressentiments l'étouffent, son horizon devient noir. Tout à coup, il est pris d'une immense tristesse. « La voilà », pense-t-il ; il voulait dire, la *petite chose* qui... Brisé par cette idée, il laisse sa tête retomber sur l'oreiller ; des larmes lui montent au bord des paupières. La vie lui paraît si rebutante qu'il souhaite en finir avec elle.

Personne, ni sa femme ni ses enfants, ne vient heureusement. Ils se sont rendus en groupe aux bains publics et en ont pour un moment. Tant mieux...

Quoiqu'il fasse frais dans la pièce obscure, il respire mal : l'atmosphère y est vaguement surie, pesante d'humidité. Dehors, le soleil d'août pétrifie l'air.

L'interminable défilé d'idées reprend.

Les paroles qu'il a entendu tenir aux deux commerçants obsèdent son esprit. Aussi, malgré l'engourdissement qui l'hébète, se surprend-il à grommeler dans un accès d'animosité :

— Qu'un marchand entrevoie une parcelle de vérité, ça ne représente rien d'anormal. Qu'il en éprouve la nécessité, eh ! eh !... Ça signifie en revanche que la roue tourne ! Qu'il est grand temps pour lui de changer d'existence !

Avec satisfaction, il fait ensuite cette remarque : « Aujourd'hui, ils éprouvent une petite inquiétude. Et demain ? Eh ! Eh !... Demain, en se réveillant, ils s'apercevront que ladite âme a toujours été là, sous leur nez.

Les loups essaieront alors de se faire passer pour d'innocents agneaux. »

— Grippe-sous ! jure-t-il. Vous chasseriez comme une
bête malfaisante le malheureux qui oserait implorer la
charité à votre porte. On sait ce que vous êtes !

Les yeux dilatés, il grince des dents.

— Amassez de l'or et philosophez ; tressez de belles
phrases, soutenez que la vie ne vaut rien, que l'homme
est mauvais de nature. Votre chanson, on la connaît !
Le diable vous emporte ! Est-ce que vous savez au moins
ce qu'est la compassion ? La larme à l'œil et le cœur
sec, voilà comme vous êtes ! Tfou ! Votre âme, vous
l'avez déjà cédée en faisant commerce de tout : de vos
sentiments, de vos filles, de vos semblables !

L'indignation, la colère, explosent dans sa poitrine.
Djamal a l'impression d'être le frère de tous les humi-
liés : il ressent la douleur et l'amertume de ceux qui, le
front dans la poussière, sont les derniers des hommes.

— Vie miraculeusement rénovée, lourde de sens, te
lèveras-tu enfin, telle une aube, murmure-t-il ; compen-
satrice de toutes les souffrances...

Son agitation tombe soudain. La lourdeur de l'air
confiné de la pièce lui procure une sensation douce,
pénible.

« Ainsi, je pense qu'il y a des principes arrêtés aux-
quels on peut croire ? Qu'il y a un terrain où s'appuyer
solidement, que si l'on se rend compte par exemple des
besoins, de la destinée, de l'avenir, comment ai-je dit ?
que si l'on se rend compte... » Ces paroles retentissent

en lui d'une manière insolite : il ne sait s'il est sérieux ou s'il se raille lui-même. Il se sent enveloppé par une sorte de brouillard diffus. Sa pensée recommence à échafauder mille constructions dérisoires, s'empêtre dans un afflux de mots tel qu'il a la sensation d'errer au milieu d'une cohue et d'un tapage étourdissants. Un âcre sentiment de révolte le soulève contre soi :

« S'il y avait tant soit peu de bien en moi, je ne resterais pas là à me bercer de chimères. Je n'en ai que trop pris l'habitude. On devrait, à chaque fois que j'ouvre la bouche, me lancer à la face : « Tu es seulement quelqu'un qui parle pour ne rien dire ! » Je suis un homme dont le cœur est mort. »

S'adressant à des témoins invisibles :

— Vous entendez ? gémit-il. Je suis quelqu'un qui parle pour ne rien dire.

Il se soulève un peu, tend les deux paumes ouvertes vers ces présences imaginaires. Sa pensée va malgré lui à Nafissa. Si sa femme était là :

— Est-ce ma faute à moi ? n'aurait-elle pas manqué de lui rétorquer.

La tête tournée de côté, Nafissa l'aurait blâmé sans le regarder. Ses discours ne varient jamais. Lorsqu'il se souvient qu'il les lui faudra réentendre encore, sa gorge se serre, une lassitude, un désespoir sans fond, l'envahissent.

« Ils deviennent difficiles à supporter », pense-t-il. Sa femme, ses enfants. Et il s'énerve davantage. Il décroise et recroise ses jambes, se retourne sur sa couche, se gratte, fait craquer ses phalanges.

S'expliquer avec Nafissa est hors de question. Il ne lui reste que peu de temps à passer chez lui : il ne se prêtera pas, en attendant, à cette comédie. Il s'en va à... Il ignore où, pour l'instant; ça n'a aucune importance d'ailleurs. Sa femme, ses enfants, il leur veut beaucoup de bien, mais il n'a nulle envie de finir ses jours auprès d'eux. Ils le savent depuis longtemps, qu'il est à la veille de les quitter. Donc, ils comprendront. Ce n'est pas pour mener cette vie qu'il s'est tant préparé, a fait tant de sacrifices. Bon Dieu non ! Ce jour-là, le jour de son départ, il sera beaucoup pardonné à tous. Et inutile de parler de travail : lui n'y songe plus. Nafissa s'entête encore à revenir là-dessus. Mais il ne travaillera jamais ici ! Cela entrerait-il un jour dans la tête de sa femme ?

— Les hommes, tes maîtres...

Elle tente ainsi de l'attaquer dans son amour-propre. Mais ça ne prend plus. Elle se répand alors en récriminations. Lui se retranche dans un silence obstiné. Il la comprend et la plaint !

Du reste, dès qu'une explication le menace, il s'empare du premier livre venu et s'y absorbe. De cette façon, il lui montre que les dures paroles ne l'atteignent pas, à supposer qu'elles lui parviennent. Il ne lit pas, il fait semblant. Il est parvenu à un âge où les livres n'ont plus place dans les préoccupations d'un homme. Empilés, ceux-ci occupent un coin : bouquins tachés, sales, passés par quantité de mains avant de tomber

entre les siennes, et dont la plupart manquent de couvertures. Il ne les ouvre plus guère, ou à peine, de
temps à autre. Toutefois il veille encore jalousement
sur eux. Les toiles d'araignée peuvent les recouvrir, la
poussière s'accumuler dessus, personne, jamais personne
n'a le droit d'y toucher. Quand il rentre de ses prome-
nades, ses regards y vont tout droit. S'il s'avise que
quelqu'un y a porté la main, il fait une scène, ne parle
pas des journées entières. « L'occupante ici, c'est toi,
dit-il à sa femme. C'est par conséquent toi qui en as la
garde. Quelle manie de vouloir tout le temps nettoyer,
épousseter, jeter des seaux d'eau ! Le moindre grain de
poussière vous met, vous les femmes, sens dessus
dessous. Etc., etc. »

— Tu vois, s'exprime-t-il mentalement à l'adresse de
Nafissa en ces moments, tu vois que je suis en train de
lire. Je t'écouterai si tu crois avoir quelque chose à
m'apprendre. Voilà qui s'appelle faire preuve de
patience et de bonne volonté, ou je m'y connais mal !
Mais je ne saurais m'intéresser à des billevesées. Tâche
de faire preuve de bonne volonté aussi, comme moi.
Laisse-moi en paix. Si tu veux quelque chose, je suis à
l'avance d'accord sur tout.

Nafissa reprend alors son activité de fourmi labo-
rieuse, tout semble rentrer dans l'ordre jusqu'à... Comme
c'est devenu triste ! Elle de geindre, lui de faire la
sourde oreille, et de ne penser ni lui au travail, ni elle
que leur situation puisse changer.

« Quelque chose d'immuable, songe-t-il, un ciel bas

et morne, pèse sur cette terre. Les gens ont des pensées d'aveugles, se comportent en aveugles. Est-ce qu'un destin, aveugle aussi, leur cache la voie qu'ils doivent suivre ? »

Djamal réfléchit un instant, puis se dit : « Eh ! ça se pourrait bien ! »

Cette idée l'effraye un peu. Et si c'était vrai ?...

« Si c'était vrai ?... Des événements extraordinaires finiraient tôt ou tard par se produire chez nous, c'est certain. Que ne ferions-nous pas le jour où nous nous déciderons à retrouver la voie de la lumière, à redonner un sens à notre vie ? »

Parti sur ce point d'interrogation, Djamal se perd en conjectures fébriles et redoutables, sa stupeur grandit tandis que l'accumulation des orages qu'il pressent le rend anxieux.

Il se lève, à la fin, la bouche amère. Le fragment de glace scellé par des clous au mur capte une figure ensommeillée. Il s'en approche, considère cette longue face osseuse. La transpiration la fait luire faiblement et pose des reflets sur les traits durs, émaciés. Pas drôle. L'expression des yeux l'intrigue. Ces larges yeux trop calmes lui rappellent quelque chose de familier, de mélancolique aussi, dont il n'arrive pas à se délivrer. Il reste en proie à une vague nostalgie. D'un geste las, il se passe la main sur la figure. Il ne s'est jamais douté qu'il possède les yeux de sa mère.

Djamal jette des regards autour de lui. Se trouver seul, se trouver libre, ça ne lui arrive pas souvent. Des deux mains, il se caresse à nouveau le visage moite de sueur, piqueté d'une barbe naissante.

La maison se met à bourdonner. Quelques voix de femmes annoncent le réveil, après la sieste ; les braille-ments d'un moutard taillent en pièces le silence engourdi de la vaste demeure. L'enchantement qui a pesé jusqu'à cette heure sur la maison se dissipe. Les portes s'ouvrent ; les voisines se répandent dans la cour.

L'une d'elles, d'une voix mâle, crie à ses enfants qui réclament du pain :

— Allez-vous-en, graines d'orties ! Vous avez tout bouffé !

On entend qu'elle leur court après ; eux se sauvent en l'injuriant. Ces gosses mendient constamment un croû-ton, et leur mère, une pleure-misère, passe son temps à compter les miettes.

« *L'autre* va rentrer, se dit Djamal ; partons. J'en ai assez d'entendre ces glapissements. Quand je pense qu'on ne peut trouver la paix et la tranquillité que dans la rue ! Ici, il n'y a même pas moyen de réfléchir à son aise. »

Une sournoise irritation le fait se monter contre cette femelle au verbe haut. Il se la représente telle qu'il la connaît depuis nombre d'années qu'il habite ici. Cour-taude, avec un postérieur gros comme quatre, suant l'humilité. Mais qu'elle en ait après quelqu'un, son visage devient celui d'un bouledogue hargneux... Il pense à tous les personnages qui peuplent cette bâtisse. Quel cirque ! Il y a une demi-folle qui tire chaque jour son lit et son armoire d'un coin à l'autre de sa chambre... Un locataire du premier rentre saoul chaque soir et menace invariablement de compisser ses voisins du rez-de-chaussée. Un matin, furibonde, la propriétaire demande : « Qui a fait pipi dans la cour ? » Et lui de répondre : « C'est moi, madame. » Elle le crible de malédictions. « Dieu me gardera sain et sauf », lui réplique-t-il, lorsqu'elle a fini. Il y en a un aussi qui veut mettre tout le monde au courant de ses emplettes. « Drôlesse ! lance-t-il à sa femme dès l'entrée, et si fort qu'il est impossible de ne pas l'entendre. Drôlesse, où es-tu ? Je t'ai apporté tant de viande, tant de poisson, tant de ci et tant de ça... » Et le jaloux qui ne sort qu'à reculons de la maison, reluquant sa moitié du coin de l'œil, et finissant par se cogner à un angle ! Et ceux qui déménagent le lendemain de leur arrivée pour avoir entendu des revenants, la veille !

« Vingt-huit ans ! » songe-t-il tout à trac.

Il est surpris par cette subite évocation de son âge. Ça doit avoir une signification. Vingt-huit ans...

— Vingt-huit ans, et ne pas pouvoir être seul une minute, c'est un peu fort. A mon âge, il y a des moments où on a besoin de se retrouver en tête à tête avec soi-même.

Il regarde vers la cour. Avec ses voisins, il ne reste plus grand-chose qu'ils ne fassent en commun. Il serre les poings. Il a été maintes fois sur le point de dire à Nafissa que... Mais avec elle, il ne sait même pas comment entamer une conversation. Alors, ça ne va pas plus loin.

Cette fois, il n'y a pas à s'y tromper : le bruit multiplié des pas, le raclement particulier des babouches, qui parviennent de la cour... C'est elle, avec les petits. Djamal enfile son pantalon prestement, chausse ses sandales, prend sa veste, qu'il endosse en sortant de la pièce. A la porte, il a failli se heurter à sa femme. Le visage congestionné par la touffeur du bain, elle ploie sous le poids d'un baluchon de linge. Derrière elle arrivent, se traînant, exténués, le fils avec un seau à la main, la fille avec des objets de toilette.

— Tu sors ? demande Nafissa d'une voix épuisée à son mari.

Sans s'arrêter, sans se retourner, — il a perdu jusqu'à l'habitude de la regarder —, il répond :

— Oui.

— Rentre de bonne heure, je t'en prie ; ne nous laisse pas attendre avec le souper, ajoute-t-elle, la voix un peu plus nette mais toujours affaiblie.

Djamal a fait déjà plusieurs pas dans la cour. Il ne donne pas de réponse et s'enfuit de la maison.

Dehors un léger souffle agite l'air, tout à fait un remuement d'ailes qui grandit à mesure qu'on parcourt la venelle et qu'on s'avance vers la rue.

Désormais, quoi que Djamal fasse, ses actes prennent les apparences estompées du souvenir. Déjà absent d'ici par la pensée, il attend le jour du départ comme le signal d'un renouveau. Il ne doute pas que cette grâce

lui doive être accordée. A chaque fois pourtant qu'il
en parle devant sa femme, il semble lui planter un
couteau entre les épaules. Eh ! qu'y peut-il !

« Mon Dieu ! et moi qui me donne tant de mal pour
toi ! » se récrie-t-elle.

« Non, inutile de me répéter ça. Il n'est pas possible
que je ne le sache pas. Tu me le ressasses dix fois par
jour. »

« Et toi, dix fois par jour, tu me dis que tu veux
t'en aller. »

Elle secoue la tête, désespérée, et se refuse au fond
d'elle-même à croire que son mari la quitterait, persua-
dée au contraire qu'il ne saurait faire un pas, seul, hors
des murs de la ville. La même douleur aveuglante la
transperce toutefois dès qu'il prononce ces paroles
abhorrées. C'est plus fort qu'elle.

De tout cela, lui ne retient que les reproches. « C'est
une vie, ça ? » se dit-il. Il essaye d'imaginer on ne sait
quelle douceur. En vain.

Le soleil commence à entourer toute chose d'une
brume dorée. Djamal remonte la grand-rue dont les
larges pavés viennent d'être arrosés. Du sol surchauffé
émane une vapeur qui paraît s'échapper d'une étuve.
Des murs aussi rayonne la chaleur absorbée au cours de
la journée. Sur son passage, Djamal croise des gens qui
sortent faire leur tour du soir. Au voisinage des Euro-
péennes qui vont les aisselles à l'air, il est enveloppé
d'une odeur vivante. Ces Françaises à peau blanche et
nacrée dégagent comme une odeur de paille, bien diffé-

rente en cela des Juives aux très doux, très beaux yeux
endormis, qui, elles, sentent la fourrure, ou des Algé-
riennes qui fleurent le fenugrec et la menthe.

« Quelle étrange chose, la vie... se dit-il. Un rêve.
Un rêve dont il ne reste que des traces éventées après
le réveil. »

Il respire profondément ; du même coup, il se
convainc qu'il lui arrive de vivre rarement de façon
humaine.

## XIV

*Evénements* ou pas, Mostefa Ouali ne consent à déroger à aucune de ses habitudes. Il continue comme en temps normal à rendre visite à son frère aîné, Ahmed Ouali, une fois la semaine. Il se conforme à cette obligation depuis plusieurs années et, ce, de bon cœur. Plutôt que leur répétition, c'est de manquer une de ces visites qui l'aurait contrarié.

De l'une à l'autre rencontre, on n'échange que peu de propos, les deux frères menant une vie pareillement réglée, pareillement à l'abri des surprises. Pourtant, depuis le début des *événements*, un sentiment nouveau a percé dans le cœur de Mostefa. Pensant à ces réunions de famille, il se dit quelquefois : « Il faut se voir, de crainte qu'un malheur n'arrive et n'empêche... » Il s'arrête toujours là, répugnant à pousser plus loin. Le jour fixé de sa visite, il y va.

Les autres jours, son temps se trouve absorbé par trois occupations, les mêmes quotidiennement. On ne

peut imaginer que rien s'infiltre entre elles. Là encore,
le miracle tient précisément à ce que Mostefa Ouali
ne fait plus aucune part à l'imprévu.

Au premier chef vient le Bureau. Mostefa travaille à
l'Enregistrement où il a débuté à vingt-huit ans grâce à
l'unique diplôme que, par hasard, il possède : son certifi-
cat d'études primaires. Hasard, semble-t-il. Les hommes
n'entreprennent jamais des études en vain, un titre est
un titre. Mostefa, lorsqu'il avait eu son emploi, éprouva
un subtil émerveillement. La puissance de ce papier lui
avait échappé jusqu'à ce jour. Une grâce timide l'as-
pergea les tout premiers temps. Les années s'écoulant,
il gravit un à un les échelons qui lui étaient accessibles,
ayant commencé au dernier. Il lui arriva aussi de changer de classe. Il était ponctuel, réservé ; il remplissait
sa tâche avec une humble minutie qui lui avait gagné
l'indulgence du chef de bureau.

Nous nous demandons ici : lui est-il jamais venu à
l'esprit, un seul instant, qu'il use avec tranquillité une
lampe miraculeuse, la lampe qui aurait dû illuminer sa
vie ? Mais, sans nul doute en a-t-il ainsi décidé dès
la première heure. Qu'un tel destin se révèle conforme
à son goût, quoi de plus naturel ? Néanmoins un rêve,
un rêve, qu'est-ce qui aurait pu l'empêcher ? Peut-être
y a-t-il songé aussi, et a-t-il écarté, sagement, la tentation ?

Mostefa Ouali est veuf. Sa femme, pauvre femme !
douce mais ne se montrant pas fortement attachée à
l'existence, il semble que la mort lui eût rendu sa liberté.

Elle avait été emportée sans grand bruit par la phtisie. On eût dit un oiseau auquel l'air avait manqué d'un coup. Depuis lors, dans la vie de Mostefa, le ménage est devenu la deuxième charge.

Sa dernière occupation, à la vérité de toutes les trois la moins importante, consiste à faire des problèmes d'arithmétique. Chaque soir, après qu'il a achevé de dîner, il apporte son café, tire de l'une de ses poches un étui à cigarettes en étain. Par-dessus une tablette ronde, il étale un journal sur lequel il ouvre son cahier d'exercices et un livre de calcul. Il allume une cigarette, puis commence.

Ce goût lui est venu d'une manière toute simple, quoique fortuite ; voici comment : Nora, son unique enfant qui a eu dix ans récemment, s'était trouvée embarrassée un soir devant le problème que sa maîtresse avait donné en devoir. Mostefa qui observait sa fille avait remarqué les efforts qu'elle déployait pour en arriver à bout. On ne savait quelle gêne la retenait d'appeler à l'aide ; lui n'osait intervenir. Comment d'ailleurs l'eût-il aidée ? Pouvait-il résoudre des problèmes ? Tout de ces choses s'était effacé de sa mémoire. L'idée que sa fille se désespérait lui devenait cependant intolérable. Il la connaissait bien, sa Nora ; extrêmement sensible, toujours prête à se tourmenter pour tout...

Elle ne disait rien. Soudain elle fut prise de sanglots, sa petite tête ronde aux cheveux noirs et lisses retomba sur le bras qu'elle appuyait sur la tablette. Sa peine s'exhalait sans un cri. Son dos étroit en était tout secoué.

Mostefa souleva sa fille et la plaça sur un de ses genoux. Il se mit à la gronder d'une grosse voix : elle était bête de pleurer comme ça ! Il ferait, lui, ce problème qui donnait du chagrin à son enfant. Il rapprocha le livre. Toutefois devant les chiffres, les questions, les exigences qu'une volonté anonyme, qui ne pouvait être que malveillante, avait glissés sous chaque ligne, il fut affolé. Livre mince en apparence, pourtant si redoutable. Nora avait essuyé ses larmes, Mostefa retiré de la pochette de son veston un crayon et, sur un bout de papier, commencé à aligner nombre sur nombre. Pourquoi, grand Dieu, tant de pièges accumulés devant une simple enfant ? Il écrivait, écrivait, puis s'immobilisait d'un coup. Il poussait un soupir ; il tentait de rassembler ses esprits. Lorsqu'il croyait avoir trouvé, un doute naissait en lui, imperceptible d'abord, qui occupait à mesure toute sa pensée. Mostefa finissait par en avoir raison. Nora s'était assoupie, la tête posée contre l'épaule de son papa. Il lui aurait bien demandé quelques explications. Mais lui eût-elle fourni tous les éclaircissements nécessaires, qui aurait pu affirmer qu'elle ne se trompait pas ?

Les minutes devenaient si longues que le souffle lui manquait par instants. A la fin, il réveilla Nora qui dormait profondément, lui fit recopier la solution. Dès qu'elle eut terminé, l'enfant tombant de sommeil regagna sa couche. A partir de ce jour, tous les devoirs furent faits en commun. Si c'était trop difficile, Nora allait se coucher et laissait son père chercher : elle ne

reportait son devoir au propre qu'au matin. Mostefa ne
s'était jamais douté qu'un problème de fillette pouvait
procurer un tel sentiment de péril. Quand on trouve, on
se sent comme un nageur qui remonte tout à coup à
l'air libre.

Il restait quelquefois à réfléchir ainsi avant de s'en
aller au lit. Un soir, sans raison précise, il devint sou-
cieux. C'était au plus fort de la nuit ; le silence déchaîné
semblait étourdissant. La lampe à pétrole éclairait la
table de bois blanc qui projetait un cercle d'ombre sur
le sol nu. Il sortit dans la cour puis revint aussitôt, prit
la lampe de dessus la tablette, la déposa par terre entre
sa couche et celle de Nora qu'une faible distance sépa-
rait. La fillette s'agita, eut des mouvements incertains.
Il l'observa. Elle cherchait à se réveiller, eût-on dit.
Mais ses efforts demeurèrent sans effet. Quels mauvais
rêves avaient hanté le sommeil de Mostefa, cette nuit-
là ? Le lendemain il se leva en proie à une inquiétude
imprécise.

Il rentrait du bureau à midi quand il aperçut de loin
Nora qui l'attendait sur le pas de la porte. D'ordinaire,
sortant à onze heures de l'école, elle se rendait directement chez des voisins, où il allait la chercher. Ce
matin, son petit cartable à ses côtés — les classes se
faisaient à mi-temps — elle était assise sur la première
marche de l'entrée, l'air abattu. Visiblement, elle
n'avait voulu entrer chez personne ; au lieu de l'attendre chez les voisins, elle avait préféré venir se mettre
là. A cette vue, Mostefa hâta le pas. Il ouvrit, prit Nora

dans ses bras. De longs frissons la secouaient, son visage était ardent, son regard brillait. Mostefa la coucha et alla lui préparer une tisane.

Nora but avec beaucoup de difficulté puis repoussa le bol. Le visage empourpré, elle priait son papa du regard pour qu'il lui épargnât ce surcroît de tourment. Mais il ne pouvait tout de même pas rester à la contempler sans rien faire ! Alors elle parut se soumettre, elle s'efforça de n'opposer aucune résistance, but de nouveau. Cependant elle ne cessait de geindre et d'appeler : « Maman ! Maman ! »

Peu après, les traits de son visage se détendirent et de ses yeux grands ouverts des larmes s'écoulèrent doucement. Son regard, à moins d'une illusion, exprimait une surprenante sérénité.

Son père jugea que le mieux serait de demander une permission et de demeurer auprès d'elle. Elle était plus calme à présent ; rien n'empêcherait Mostefa de faire un saut jusqu'à son administration. « Comme ça, se dit-il, je n'aurai pas d'histoires ; on ne me le reprochera pas par la suite. » Mais la laisser seule, dans la maison déserte ? Il hésitait.

Il partit. A son retour, ayant ouvert la porte, il découvrit dans la galerie d'entrée Nora étendue par terre, les bras projetés en avant. Tournées vers le ciel, ses prunelles éteintes exprimaient une terreur contre laquelle la petite était restée impuissante. Qu'avait-elle tenté, mais sans espoir, de repousser de ses deux mains

tendues ? Une sorte de brume descendit sur la conscience de Mostefa. Au moment où il s'apprêtait à sortir,
il l'avait vue se retourner sur sa couche. La sensation
qui l'avait alors effleuré afflua de nouveau en lui avec
une violence imprévue. Il avait l'impression qu'une
somnolence étrange l'envahissait ; chaque pensée l'attei-
gnait isolément.

Brusquement, tout en secouant Nora, il se mit à la
héler :

— Nora ! Nora ! Ma fille !

On aurait cru qu'il cherchait, si cela existe, un moyen
d'empêcher de mourir. Il approcha son visage de celui
de l'enfant, ne distingua que des formes troubles qui
n'avaient aucun rapport avec les traits de sa fille.

— C'est moi, Nora, gronda-t-il, le souffle rauque.
C'est ton père qui t'appelle ! Est-ce que tu m'entends ?
Me voici près de toi.

A cet instant, elle se réveilla. Elle reconnut son père ;
elle lui dit d'une voix faible :

— Papa, pourquoi m'as-tu laissée toute seule ?

Lentement, Mostefa se releva.

Il porta l'enfant jusqu'à la chambre, où il se mit à
la bercer.

— Nora, ma petite fille.

Il répétait ces mots sans fin comme si c'était lui-
même qu'il essayait de calmer. De seconde en seconde,
un sommeil léger se substituait à la mortelle immobilité
où elle était plongée. Par moments, on avait l'impression qu'elle s'efforçait de le rejoindre par-delà tout ce

qui la tenait encore enchaînée. Une puissance inexo-
rable dont l'étreinte se relâchait peu à peu refluait
d'elle. Nora dans ses bras, Mostefa la scrutait. Il rejeta
sa tête en arrière, regarda en l'air. Un gémissement
sortit de sa gorge :

— Si ses yeux pouvaient briller encore, sa bouche
sourire, ses lèvres fredonner des chansons...

Il ne reçut que la réponse des murs ; toute la maison
semblait donner forme au silence.

— Il faut qu'un miracle se produise ! Je sais comment. Nora, est-ce que tu me comprends ?

A ce moment, l'ombre étrangère qui s'était glissée
auprès d'eux se retira sur la pointe des pieds. Mostefa
en avait senti la dispersion ; le jour avait brillé avec
plus d'éclat.

Il posa Nora doucement sur sa couche.

Il se faisait tard. L'après-midi avait passé sans que
Mostefa, assis au chevet de sa fille, s'en fût aperçu.
Imperceptible, la respiration de l'enfant était entrecoupée de temps à autre par des hoquets comme si elle
eût pleuré longtemps et fût restée inconsolable. Mostefa
se leva. Il marcha avec précaution, chercha quelque
chose dans le noir. Après quelques instants d'un tâton-
nement aveugle, la flamme d'une allumette jaillit entre
ses mains. Il alluma la lampe à pétrole, qui était posée
sur une commode de teinte sombre, et la porta sur la
tablette. Il revint à nouveau à la commode. D'un des
tiroirs il retira un journal qu'il étendit sur la table

basse, après avoir déplacé un peu la lampe. Ensuite il
prit le cartable en toile cirée de Nora rangé dans une
niche, où deux étagères supportaient des pots de café,
de sucre et de condiments, ainsi que de la vaisselle.
Puis il s'assit. Il tira la tablette près du matelas sur
lequel il s'était installé en tailleur. Il ouvrit un cahier
et un livre. Il retrouva sans hésitation la page qu'il
cherchait : Nora et lui marquaient d'une petite croix
au crayon chaque problème qu'ils venaient de faire.
Il passa au numéro suivant, commença à en étudier les
données.

C'est ainsi que Mostefa Ouali a pris l'habitude de
faire des problèmes. Sa fille fut longtemps malade, elle
ne va plus à l'école ; il continue seul à en faire, tous
les soirs.


Vers cinq heures donc, cette après-midi, Mostefa
Ouali a donné la main à Nora et tous deux se sont
rendus derb Sensla où habite l'oncle Ahmed. Dès les
premiers pas qu'ils font dans la venelle, laissant derrière
eux, places, rues, boulevards, ils entrent dans une tranquillité amicale. Ils retrouvent la qualité si particulière
de silence et de sérénité qui accueille le passant dans
ces vieux quartiers. Ils ont l'impression d'être trans-
portés loin, bien loin du centre qu'un instant plus tôt
ils ont traversé ; loin de son mouvement bruyant. Ce
sont des quartiers peuplés aussi, surpeuplés même, que

ceux de la ville ancienne, mais les gens ne font pas de bruit, ils sont calmes.

Rôtis par le soleil la journée durant, les murs dégorgent une épaisse chaleur. Des cours, fusent des cris d'enfants, des tintements de pilon. C'est aussi, parfois, des voix de femmes, le chant grave d'une mère berçant son nouveau-né. En plusieurs endroits, le passage est barré de fil de fer barbelé. Au détour d'une venelle, des fumets de cuisine, de poivrons qu'on grille, les assaillent. Des effluves entêtés, douceâtres, proviennent d'orangers en fleurs enclos dans les cours.

La maison de l'oncle Ahmed occupe, parmi d'antiques bâtisses chaulées de blanc ou de bleu, un recoin en retrait entre une petite mosquée proprette et un gymnase désaffecté transformé en bains publics. Mostefa jette en entrant un regard sur l'encadrement de la porte. Une affiche apposée par la Préfecture désigne à l'attention générale le locataire Ahmed Ouali dont le fils appartient à des « bandes criminelles de hors-la-loi ». Le visage de Mostefa s'assombrit, il serre plus fort la main de Nora. Il ne s'est pas habitué à surmonter l'impression d'inquiétude qui le saisit chaque fois que ses regards rencontrent ce maudit papier.

L'oncle n'était pas à la maison. Sa femme les reçoit comme au milieu d'une volière, parmi ses enfants. Mais à peine Mostefa a-t-il échangé quelques politesses avec sa belle-sœur que des soldats français, leur casque enfoncé jusqu'aux sourcils, emplissent la cour. En un clin d'œil la maison est en émoi. Mostefa les entend qui nomment son frère : son cœur se met à battre violemment.

Il sort sur le seuil de la chambre pour voir ce qui se passe.

— Ahmed Ouali habite bien ici, mais il n'est pas rentré, messieurs, dit-il. Il ne sera là que...

— Vous, qui êtes-vous ? demande un militaire qui s'avance, lui coupant la parole.

— Je suis son frère, employé de l'Enregistrement...

— Vos papiers !

Comme les autres, celui-ci braque sa mitraillette sur Mostefa et sur les voisins sidérés. Le Français, après qu'il l'a eue en main, conserve la carte d'identité de Mostefa.

Quand il s'entend donner l'ordre de les suivre, ce dernier ressent un froid pincement au cœur.

— Est-ce moi qui vous intéresse ou mon frère ?

Il s'en veut aussitôt de cette parole comme d'une lâcheté.

— Vous ou lui, c'est égal, lui répond-on d'une voix neutre.

Affrontant le canon des armes, Mostefa emboîte le pas ɹaux soldats avec une correction appliquée.

Ils ne sont pas parvenus à la sortie que, soudain, de toutes ses forces :

— Papa ! crie Nora.

Il l'a complètement oubliée ! Tout le monde se tourne vers elle, même les soldats français. Mostefa Ouali lui sourit ; il la réprimande avec douceur :

— Voyons, ma petite, je vais revenir dans un instant. Ce ne sera pas long, tu verras.

Il sourit de même aux Français.

— Ces messieurs sont gentils, dit-il.

Ils sortent ; à cet instant, Mostefa croit que quelque chose se rompt en lui.

# XV

— Je rêve d'une autre vie...

Un court silence suit. Et puis, de la même voix
pensive, Djamal continue :

— ...pleine de noblesse...

Exhalant un bâillement :

— Voilà ce qu'il nous faudrait, dit-il.

Il se tait, a l'air de somnoler. Subitement, il interroge :

— Quelle idée selon vous vont avoir de notre vie
ceux qui viendront après nous ?

Mais sans attendre de réponse, il poursuit :

— Vous rappelez-vous les paroles que vous avez
adressées un jour à un mendiant aveugle ? « Nous sommes les branches d'un même arbre, les doigts d'une
même main. » Les hommes de ce pays seront alors tous
frères... Ils se révolteront, j'en suis sûr, contre leur
propre inhumanité. Et tout ce qui les a fait souffrir, tout
ce qui les a fait pleurer, ne leur paraîtra plus que

comme un mauvais rêve. La misère aura disparu... et nous... Pauvres de nous !

El Hadj dit :

— Il faut une humanité réconciliée pour que votre vœu se réalise et... elle n'est pas près de l'être. Il se passera du temps avant...

Il laisse sa phrase en suspens. Il ajoute seulement :

— Et en attendant, il faut vivre, il faut faire quelque chose.

— Quoi ? C'est-à-dire quoi, qui en vaille la peine ?

— Prenez garde ; lorsqu'on ne vit pas véritablement, on se nourrit de dangereuses chimères.

— Oui, tout ça est pénible...

— On se détruit soi-même.

Djamal répond par un geste découragé du bras. Il complète ensuite sa pensée :

— J'ai laissé passer le temps.

— Passer le temps ? Passer le temps ? Mais il n'est jamais trop tard !... Il ne dépend que de nous qu'il soit tôt ou tard.

— Ah ! si nous nous réveillions un matin pour sentir que tout a changé, que la vie va recommencer autrement...

Distrait, les yeux large ouverts, Djamal répète :

— Commencer une vie nouvelle... Recommencer tout...

— Vivons d'abord, mon ami, cette vie du mieux que nous pourrons, comme nous pourrons...

— Peut-être... après tout.

Djamal fixe les yeux sur l'animation de la rue. « Où vais-je ? se demande-t-il. A la mer ! Non ; mon cœur bat dans ma poitrine avec tant de violence et d'amertume, il brûle d'une si douloureuse passion, aucunement feinte, qu'on croirait que je vais prendre sur moi toute la souffrance du monde. Quelle espèce d'homme suis-je ?... Il me semble parfois que ma vie a été détruite par un agresseur inconnu, qu'elle est toute à refaire. »

Un moment s'écoule ; il dit à mi-voix :

— Ma vie n'est pas pire que celle des autres, de tous ceux-là.

Il montre de la tête la rue et ses passants, ses bêtes, ses véhicules. Il se met à siffloter tout bas pendant quelques secondes, puis il tourne la tête, considère El Hadj.

— Des enfants ont faim et froid, des hommes ne peuvent pas vivre là où ils ont vu le jour, et le monde va paisiblement son train et les gens vaquent à leurs besognes. Personne n'a l'air de s'apercevoir sur quels abîmes nous marchons.

— Mais sans cette ignorance, toute vie serait impossible.

— Je n'en disconviens pas, et en cela ma vie n'est pas pire que celle des autres.

Le regard de Djamal se porte de nouveau vers les gens qui défilent devant le magasin. Certains s'arrêtent, on ne sait pourquoi, tandis qu'il y en a qui continuent leur chemin. Il contemple leurs gestes, leurs allées et venues, leur reflux. Les voix de cette foule n'arrivent à ses oreilles que comme le bruit d'une mer lointaine. Plusieurs d'entre elles viennent implorer au seuil de l'échoppe. Djamal comprend que ce sont des mendiants. Chacun d'eux attend un peu sur le pas de la porte, puis repart, et sa voix s'éloigne avec lui. Et, avec chacun, l'exode sans but semble recommencer. Il faut marcher, marcher...

— L'homme, valeur suprême et mesure de toute chose ? dit Djamal. Je vois de mes propres yeux l'état de bête à quoi il a été réduit, le peu de prix que coûte une vie humaine.

Rejoignant par d'obscurs chemins sa première idée, il continue :

— Nous vivons en veilleuse, nous attendons, et la flamme s'use. Pourvu qu'elle ne soit pas complètement usée d'ici que...

Il pense : « Je suis soutenu par une sorte d'espoir confiné dans des régions si inaccessibles que j'en suis à me demander si cela peut s'appeler encore de l'espoir. Alors, j'en profite pour rêver d'une belle vie qui s'enveloppe d'un tiède brouillard de nostalgie... »

## XVI

Vide de toute présence humaine, la campagne dort dans une lumière de cendre où tout s'effrite. De vastes aires fauves signalent les terres à blé ; d'autres, vert-de-gris, les vignobles. Le vent apporte une légère plainte depuis la ligne indécise des monts suspendue au-dessus de l'horizon... Et rien d'autre. Rien que cette voix enrouée, et cette espèce d'attente, dans la lumière caustique qui mange les yeux et plane à l'infini.

Il est au moins cinq heures du soir, mais le jour ne semble pas avoir bougé depuis midi. Le même éclat ronge le paysage bouleversé de rocs et de pierraille, le même soleil y aiguise ses griffes. Une odeur de chaumes et de terre surchauffés flotte, brassée par des souffles brûlants.

Marhoum, avec trois autres paysans, se tient à croupetons dans une mince bande d'ombre noire que sa maison projette sur le sol. Ils ont tout le pays sous les yeux. Une impression de désolation se lève de ces collines stériles, de ces montagnes nues. A l'exception des fourrés de cactus que les fruits piquettent de points jaunes, des aloès qui lancent leurs lames pointues vers le ciel, la lande s'étend, lugubre, solitaire.

Les quatre hommes ont choisi à dessein ce poste d'observation : ils peuvent d'ici surveiller la contrée entière. Ils suivent du regard depuis un instant le minuscule champignon de poussière qui s'est élevé à la lisière de la plaine.

Cinq bonnes minutes passent.

— C'est un camion militaire, prononce Amran.

Les autres se taisent. Ils ont fait la même constatation.

Chacun fouille la campagne d'un regard aigu. Rapidement le panache de poussière grandit, se transforme en une longue traînée blanche. Il se rapproche de seconde en seconde.

— Un convoi, fait encore Amran.

Mais il a dit cela comme s'il se posait une question, en doutait.

Ni Marhoum, ni les deux autres paysans, ne confirment ou n'infirment sa remarque.

Puis, en l'espace d'un éclair, le pays est noir de soldats français descendus de plusieurs camions Dodge, de jeeps-radios. Tout est cerné, investi. Deux chars et autant d'autos-mitrailleuses se postent en face des habitations.

— Ils viennent pour ratisser, dit Marhoum. Ils contrôleront puis ils s'en iront Il ne se passera rien.

Et il ajoute :

— Que personne n'ait l'air de fuir ; vous savez ce qui arrive dans ce cas...

Mais Amran se lève. Il s'éloigne, marmonnant quelque chose que les autres n'écoutent pas, occupés qu'ils sont à guetter les mouvements des militaires.

Jusqu'à ce jour, cette région est restée calme. Peu de chose s'y est produit, si on ne tient pas compte des pieds de vigne coupés ou des meules incendiées chez les colons ; si on ne tient pas compte non plus de quelques attaques de fermes ou accrochages sans conséquence. Insensiblement, sans combat, les insurgés y ont substitué leur contrôle à celui des autorités françaises, faisant tache d'huile. Un accord profond, tacite, s'est établi entre eux et la population des campagnes.

Les troupes se sont répandues partout et jusqu'où peut porter le regard. Elles ont commencé à s'introduire dans les gourbis. On entend des éclats de voix, des appels ; toute une rumeur inquiète court. Puis, hommes, femmes, vieillards, enfants, sont jetés hors de chez eux. Aussitôt séparés de leur famille, les hommes sont dirigés à part vers un champ isolé.

Ainsi que ses deux compagnons, Marhoum considère tout ce remue-ménage, de loin, sans bouger, accroupi sur ses talons. Après quelque temps d'observation muette :

— Va, Mohand, dit-il. Tâche de filer.

Celui qu'il a nommé Mohand tourne vers lui de limpides yeux verts. Un gars qui semble avoir à peine vingt ans. Il est grand, svelte, musclé ; son visage aux

traits doux sur le cou dégagé et fort exprime un étonnement enfantin.

— Va, répète Marhoum. Et ne te laisse pas pincer.
L'autre sourit ; il baisse les yeux.

— Et toi ?

— Va, te dis-je. Ne t'occupe pas de moi.

Le visage du jeune paysan se durcit, se renferme. Il
fixe ses regards au sol sans prononcer une parole.
Marhoum reprend d'un ton conciliant :

— Allons, il faut comprendre. Tu dois informer nos
*amis*... s'il arrivait quelque chose.

Mohand se met sur ses pieds. Ne regardant ni l'un ni
l'autre homme, il s'éloigne d'un pas souple et silencieux.
Vite, il disparaît derrière la maison.

Lui parti, les deux paysans se dressent d'un même
mouvement.

— Il faut être prudent, recommande Marhoum à
son dernier compagnon.

Petit, noueux et le poil noir, celui-ci rit avec un
faible chuintement :

— Sois tranquille.

Ils se séparent.

Rentré chez lui, aussitôt Marhoum est rejoint par
son plus jeune fils, Saïd, arrivant hors d'haleine, les
yeux luisants.

— Papa ! J'ai été avertir Ali !

Il n'en dit pas plus et s'arrête, la respiration coupée.
Marhoum l'attire contre lui, lui caresse les cheveux.
Le gosse se frotte à son père comme un jeune chien.

Saïd a la consigne, chaque fois qu'il remarque quoi que ce soit d'anormal, d'aller en aviser Ali dont la maison, perchée plus haut que les autres, niche près des sommets. Et Ali donne à son tour l'alerte à des guetteurs disséminés dans les montagnes.

Tout à coup, le brouhaha s'amplifie dehors. D'étouffée qu'elle était jusqu'à présent, l'effervescence semble se changer en violence ; des cris aigus de femmes déchirent l'air et des coups de feu claquent, secs et brefs. La gorge de Marhoum se contracte malgré lui. Il serre son fils.

Affolée, Bedra entre à ce moment, suivie de ses deux filles. Elle était chez des voisines ; elle dévisage son mari.

— Ils tirent sur les gens ! hurle-t-elle.

Soudain elle pâlit horriblement sous son hâle. Des voix françaises viennent de retentir près de la maison.

— Cache-toi, implore-t-elle dans un râle. Cache-toi, je t'en conjure !

Mais elle n'a pas encore fini de prononcer sa phrase que des soldats envahissent la cour, les y trouvent tous réunis. Ils les entourent et les refoulent à l'extérieur. Le mari est directement conduit vers le champ où les hommes sont parqués sous bonne garde. On mène Bedra et ses enfants ailleurs.

Des ordres volent ; Marhoum lève les bras en l'air. Il louche vers le Français le plus proche, qui le vise de sa mitraillette : c'est un tout jeune garçon rasé de frais, aux fines moustaches blondes décolorées ; il est blême et manifestement en proie à une forte émotion, ses mains tremblent.

« Toi, tu ne dois pas avoir l'habitude de ces choses », pense Marhoum.

A cet instant, une affreuse certitude s'impose à lui : « C'est une dénonciation. » De nouveaux venus continuent à grossir le groupe des paysans. Bientôt, à peu près tous les habitants masculins du hameau sont rassemblés. Des clameurs de désespoir, des gémissements, partent du camp des femmes, qu'on ne voit pas. Oseraient-ils toucher à elles ? Marhoum comprend alors, comme ses voisins, la raison de ces plaintes. Les Français sortent des demeures les bras chargés d'habits, de couvertures, de ballots : ils prennent tout ce qui leur tombe sous la main et courent l'entasser dans les camions. On les voit aussi emporter des sacs de blé, de semoule, d'olives, des bidons d'huile. Les provisions des paysans ! Ils errent d'une maison à l'autre, entrent, ressortent, s'interpellent avec des rires, des jurons. Marhoum reconnaît l'armoire de sa femme que quatre soldats transportent, pleine de ses effets, jusqu'à un Dodge où elle est jetée avec fracas.

Puis c'est le tour des bêtes : ils tirent sur toutes celles qu'ils aperçoivent. Il s'ensuit une ruée indescriptible d'ânes, de poules, de moutons, de vaches, de chèvres, de mulets, qui fuient, effarés, dans tous les sens, arrivent d'un côté, et font subitement volte-face sous le sifflement des balles. Quelques animaux barbotent déjà dans leur sang ; des volatiles poussent des cris quasi humains. D'un seul coup, un cheval bondit en l'air tel un animal fantastique. Il reste dressé sur ses pattes de derrière pendant quelques secondes, hennissant, le mufle retroussé et féroce, l'encolure démesurément étirée. Et, d'une masse, il retombe à terre où il se met à gigoter avec des mouvements désordonnés. Des soldats s'esclaffent. Marhoum jette un coup d'œil à celui qui est chargé de le garder. Il le voit frémir, il devine son désarroi. Il pense :

« Regarde, au moins ; tu auras quelque chose à raconter plus tard. »

De nouveau, comme une douleur qui se réveille, le même doute que tout à l'heure le traverse : « C'est une dénonciation. » Mais il ne peut pas y croire, il repousse l'idée qui s'insinue en lui. Il attend de savoir comment les choses vont se passer.

Le tir a duré un long moment ; des cadavres d'animaux jonchent le sol. La folle bousculade de ceux qui ont échappé au massacre s'est dispersée à travers champs. Marhoum a vu le Grison qui gagnait la campagne, galopant par des chemins détournés. On perçoit les hennissements, rauques par instants, puis stridents comme des sanglots d'enfant, du cheval qui se meurt, ne bouge presque plus, mais parfois, dans la violence de l'agonie, essaye désespérément de se relever. Un groupe de soldats entoure l'animal. Là-dessus, un autre s'approche poussant de l'avant un paysan. Marhoum reconnaît en celui-ci Ramdane, le simple. Apeuré, Ramdane a dû se cacher dans quelque trou d'où on vient de le débusquer. Il marche la tête enfoncée dans les épaules. D'une rafale de mitraillette dans le dos, il est abattu à côté du cheval moribond. L'innocent émet une plainte qui se termine en hoquet et tombe assis sur son séant. Il demeure dans cette posture, comme stupéfait. Une nouvelle rafale part. Alors Ramdane se couche à la renverse, allongé sur le dos : on aurait dit qu'il en avait assez d'être assis. Ses pieds nus, hors des babouches, frémissent encore ; signe qu'il n'est pas tout à fait mort.

Et le contrôle commence. Par groupes de trois, les paysans sont acheminés vers un camion où se tiennent des Français en civil et en uniforme avec des fiches, et où, à tour de rôle, leur identité est vérifiée. Après cela, certains sont gardés et mis à part ; Marhoum qui en est ne saisit pas la signification de ce tri. Il étudie les faits et gestes des soldats. Les fellahs continuent de passer un à un. Au loin, les chiens lancent de longs glapissements comme si leur instinct les avertissait d'un danger jamais connu.

Le contrôle fini, alors que les autres paysans restent à terre, Marhoum est poussé, avec son groupe, vers un Dodge. Mais au moment où il va escalader les parois du camion pour y monter, son nom, déformé, est projeté dans l'espace. Il se retourne. On l'emmène, lui seul, jusqu'à une jeep. Placé à l'arrière, entre quatre soldats, il se retrouve à côté du jeune blond à fines moustaches qui le gardait tantôt. Il le considère avec surprise. Les yeux du Français ont une expression lointaine, hors des réalités : Marhoum comprend à cette seconde que ces gens regardent ainsi tout ce qui est de ce pays.

Instantanément, les moteurs grondent. Tandis que des coups de feu sont tirés quelque part, que des balles explosent rageusement, flaaac !... flaaac !... le convoi démarre dans un sourd ébranlement de l'espace. Un rideau de poussière se lève et cache peu à peu le ciel violet et jaune du soir.

Le jour commence à décliner dans un paysage de pierres mortes.

D'un coup, il fait nuit ; en même temps éclatent des aboiements qui se répondent de tous côtés à la fois. Des cris, des plaintes, ont fendu l'air longtemps après qu'une terrible clameur eut accompagné le convoi parti avec ses prisonniers. Et peu à peu la campagne a retrouvé son calme.

A peine quelques abois prolongés se font-ils entendre à présent ; à peine quelques voix s'élèvent-elles dans le hameau. Le silence et la paix s'étendent sur la terre. La nuit sans lune fourmille d'étoiles ; elle semble exhaler une atmosphère cruelle, destructive. Les tu... tu... continuellement repris des cricris rendent plus saisissable cette étrange tranquillité. Au-dessus des collines se dressent, toutes noires, des plantes sèches et mortes ; les aloès profilent sur le ciel leurs faisceaux de sabres dans une menaçante immobilité.

A l'intérieur d'une des maisons de pierre dispersées à mi-pente, une vieille femme aux pieds nus trottine de-ci, de-là, à la clarté mouvante d'une lampe à huile.

De multiples robes l'enveloppent malgré la saison ; sa tête est encapuchonnée dans d'épais foulards. Parfois elle s'arrête, s'appuie des deux mains à ses genoux et pousse un profond soupir. Le temps de reprendre souffle, puis elle recommence à cheminer de son pas de fourmi.

D'un renfoncement d'ombre, où fume l'antique lampe, une voix grave d'homme monte. *Ba* Sahli fait ses dévotions, ou plutôt les achève : il prononce l'invocation terminale. Agenouillée, la silhouette blafarde joint les deux mains comme si elle s'apprêtait à recevoir un don. L'invocation dure plus longtemps que d'ordinaire. Dans la voix du vieillard gronde quelque chose de sombre qui impressionne la femme, l'effraye presque. La litanie s'éteint brusquement. Des ombres muettes se poursuivent de coin en coin. *Ba* Sahli porte ses mains à son front, les fait glisser le long de son visage, termine en se lissant la barbe. Ensuite il se lève, traverse la pièce, marchant lui aussi pieds nus.

Après le départ des soldats, lui et les autres paysans ont couru à la recherche de leur bétail enfui, massacré. Ils sont arrivés avec beaucoup de difficulté, et au bout d'une longue battue, à en récupérer une partie... Dans les maisons, en revanche, ils n'ont plus rien retrouvé. Ni effets, ni vivres, ni ustensiles ! Tout avait été emporté, notamment les vivres, et ce qui restait n'était que débris hors d'usage, objets oubliés ou perdus durant le sac. *Ba* Sahli s'est laissé raconter par sa femme, qui en avait encore honte, comme elle avait été fouillée. Ayant découvert sur elle dix douros noués dans un mouchoir, on les lui avait pris en dépit de ses protestations. « Les balles volaient autour de nous, devant, derrière... » Elle parlait et tremblait d'émotion. « Dieu nous a protégées. Je ne croyais pas revenir saine et sauve. »

Les bêtes ramenées et mises à l'abri, les habitants se sont barricadés chez eux. Maintenant, ils écoutent battre l'énorme cœur de la nuit. Rien ne trouble ce calme illimité, sauf le chant sourd du vent qui transporte les mystérieuses voix des solitudes, trop graves et trop confuses pour être distinctement captées par l'oreille.

*Ba* Sahli est un paysan point pauvre, sinon riche. Sa maison, installée dans un quadrilatère de murs en pierres sèches, forme une cour à ciel ouvert. Un angle est occupé, d'un côté par les trois pièces basses du logis, de l'autre par un préau garni de râteliers et de mangeoires qui sert d'écurie, d'étable et de remise ; le tout est recouvert de petites tuiles rondes. Un troupeau de moutons et de chèvres d'une quarantaine de têtes campe au milieu de la cour dans une épaisse odeur de suin et de bouse. Trois ânes, un mulet, une vache sont attachés sous le préau. Dans l'obscurité, cette vivante présence, la douceur des bruits que font les bêtes endormies, procurent un sentiment de sécurité.

La vieille Aalia a trouvé, Dieu sait comment, un peu de semoule d'orge. Elle en a fait du couscous qu'elle a servi, accompagné de lait de chèvre, dans le grand plat d'argile où ç'avait cuit. Elle a appelé Abed, son plus jeune fils, âgé de vingt ans, — le seul qui lui reste, les deux aînés ayant été abattus quelques jours auparavant. Abed ne venait ni ne répondait, occupé dans la cour.

— Abed! l'interpelle-t-elle du pas de la porte, à travers le noir, pour la troisième fois. Le souper est prêt.

Il arrive enfin. Tous les trois s'accroupissent autour du plat. *Ba* Sahli et son fils piochent dans le couscous avec leurs cuillers en bois.

La vieille Aalia, elle, ne touche pas à la nourriture. Abed lui dit :

— Mange, mère.

— Je n'ai pas faim, mon garçon. Ça ne me passera pas...

Les yeux au regard d'enfant d'Aalia se remplissent de larmes silencieuses qui roulent sur ses joues recuites et toutes plissées.

Le père et le fils continuent à manger sans souffler mot. Par instants, l'un ou l'autre soulève le pot plein de lait à la forte saveur, en avale bruyamment une large lampée, après quoi ils reprennent la cuiller.

La femme les regarde. De son corps puissant fait pour les gros travaux des champs, façonné par eux, se dégage un air de dignité simple. Malgré le malheur qui les a frappés, Aalia conserve une expression de bonté innocente. Elle est un peu étonnée seulement : elle ne semble pas comprendre comment tant de méchanceté puisse exister sur terre.

*Ba* Sahli repose sa cuiller. Par respect, son fils cesse, lui aussi, de manger. Le vieillard relève la tête. A travers

ses sourcils embroussaillés, la mine farouche, il darde
un regard perçant sur Abed.

— Je porte témoignage, profère-t-il de sa grosse voix.
Je n'ai connu que du bien de ta mère, mais il nous faut
la quitter, et il faut qu'elle parle. Qu'a-t-elle à dire de
ton père ? Qu'elle parle en toute franchise, et sans
crainte. Car nous nous en irons cette nuit, moi son
époux, et toi son fils, là où la mort est présente à
chaque minute. Je veux me présenter devant mon
Seigneur indemne de toute souillure...

Il se tait et attend. Mais ni sa femme, ni son fils,
n'ouvrent la bouche.

— Si elle a quelque chose à me reprocher, reprend
alors *ba* Sahli plus bas, au bout d'un instant de réflexion
taciturne, si elle se souvient de quelque tort que j'aie
commis à son égard, qu'elle le dise.

Sans poser ses regards sur celle qui, âgée aujourd'hui,
a partagé l'existence avec lui, l'a servi comme la plus
humble et la plus dévouée des servantes, avec un amour
qui ignore jusqu'au nom qu'il porte, à celle-là, sans la
regarder, il dit du ton de l'homme qui renonce à son
orgueil et à son autorité :

— Qu'on me pardonne mes offenses... Je pardonne
celles qu'on a pu me faire.

Une demi-heure plus tard, suivi de son fils, *ba* Sahli
est dehors.

Des rivières d'étoiles parcourent l'infini du ciel : tout
dort ; pas un bruit. La campagne hérissée de buissons
secs, de végétation griffue, de cactus, ressemble à une

contrée de cauchemar. Pour tous préparatifs, le vieillard va déterrer une hachette de bûcheron à l'endroit même où Marhoum l'a surpris l'autre matin. Dans ce cirque de collines sombres, la nuit a l'air morte.

Les deux hommes s'éloignent à travers les champs, avancent dans l'obscurité comme s'ils marchaient les yeux bandés. Parfois quelque bête fuit rapidement à leur approche, ou un chien ensommeillé grogne. L'air même paraît inerte ; le vent est tombé qui soufflait tantôt. Tout là-bas, plus obscure que la nuit, la masse des montagnes met quelque chose de grondant et de calme dans cette solitude, quelque chose qui vibre comme le sourd ruissellement du sang.

Le cœur remué, Abed reçoit une impression presque douloureuse de tout ce qu'il voit et sent. Tout en marchant il surveille, par-dessus les lourdes échines des monts, les étoiles qui répondent par des clignements aux stridulations des grillons. De leur foisonnement vif et clair descend une lueur bleue, paisible. Le garçon suit son père à la trace, plaçant ses pas dans les pas du vieillard, sans rien dire, sans même réfléchir. Il ne sait où il va, il marche, entraîné par une force fatidique.

Ils s'arrêtent tout d'un coup devant une maison. Abed la reconnaît aussitôt, cette maison, malgré l'obscurité ; elle appartient au paysan Layachi. *Ba* Sahli frappe à la porte, qui rend un son mat, et se nomme. Il se produit des bruits étouffés à l'intérieur puis un silence de tombe. Ils restent aux aguets. Un moment, Abed croit que son père veut repartir et, au fond de lui-même, il souhaite qu'il en soit ainsi. Mais d'une façon inattendue, une voix distincte, égale, les questionne de l'autre côté de la porte :

— Qui est là ? Que me veut-on à cette heure ?

Le jeune garçon est décontenancé par le son de ces paroles.

— C'est moi, *ba* Sahli... répond le vieillard.

— *Ba* Sahli ? dit la voix, étonnée.

Un assez long temps se passe. L'homme, dans la maison, hésite sans doute sur ce qu'il doit faire : ouvrir ou ignorer la présence du visiteur...

— Et qu'est-ce qui t'amène à cette heure de la nuit, voisin ? reprend la voix assurée, nette.

— Ouvre, Layachi... Nous avons retrouvé une génisse, c'est la tienne. Je l'ai reconnue à sa tache baie sur le poitrail. Veux-tu pas venir la prendre ?

De nouveau un silence, qui paraît interminable cette fois. On ne sait même pas si l'homme est encore derrière la porte ou s'il est parti.

Et puis la voix résonne, bizarrement proche.

— Et où se trouve-t-elle, ma génisse, présentement ?

— Chez moi, parbleu ! Où veux-tu qu'elle soit ?

— Bien sûr... Bien sûr. Attends, voisin, finit par dire l'homme.

On entend manœuvrer de lourdes barres de fer, la serrure, et enfin les gonds gémissent lentement.

Layachi sort. Sans prendre soin de refermer sa porte, il s'éloigne en compagnie du vieillard. Derrière eux, à quelques pas, suit Abed. Les trois hommes marchent

déjà depuis plusieurs minutes sans émettre un son.
Brusquement une drôle de chose se passe dans l'obscurité. Le garçon n'aurait pu dire quoi — c'est comme
une brève et sauvage lutte à l'aveuglette —, avant qu'il
perçoive la grosse voix de son père lui ordonnant :

— Attache-le ! Vite, animal ! Avec la corde... ma
ceinture...

Layachi est ligoté. Abed ne comprend toujours rien
à ce qui arrive. L'homme gît sur place, pieds et poings
liés, sans un mouvement, la respiration oppressée.

De terre, s'élève la même voix que tout à l'heure,
mais blanche.

— Je me repens, frères...

L'homme veut crier. Brutalement *ba* Sahli l'en
empêche et le traîne par les pieds loin de tout endroit
habité. Pendant qu'il le tire, le vieillard, soufflant
comme un buffle, lui demande :

— Tu as vendu tes frères... Pourquoi ?

— Je me repens... Je suis musulman...

Mais la question revient, obstinée :

— Tu as vendu tes frères... Pourquoi ?

Et l'autre répond faiblement :

— Je suis musulman...

Ils parviennent de la sorte au lieu dit *Rahba*, vaste
plate-forme unie où se font les battages ; *ba* Sahli laisse
retomber Layachi, devenu plus pesant qu'une bête
morte. Il se baisse et lui chuchote à la face :

— A cause de toi, mes fils ont été tués... Oseras-tu le
nier ? Et ce qui est arrivé aujourd'hui... Ces hommes

qui ont été emmenés et qui seront sûrement exécutés...
Hein, dis que ce n'est pas toi ? Tu n'as pas eu pitié de
tes frères, tu nous a vendus. Pourquoi ? Qu'est-ce que
nous t'avons fait ?... Tu en répondras devant Dieu, tu
en...

Layachi ne bougeait pas plus que s'il était tombé
dans un profond évanouissement. *Ba* Sahli répète alors
d'une vois forte, implacable :

— Tu vas en répondre devant Dieu !

Une prière, ou plutôt un râle qui ne ressemble à
aucun son humain, gargouille à ras de terre.

La voix de *ba* Sahli se radoucit. Avec un accent
d'indéfinissable tristesse, il dit à l'homme :

— Prépare-toi à mourir.

Il le soulève, le met à genoux :

— Recommande ton âme au Tout-Puissant... Prie
Dieu qu'il nous tienne quittes, toi et nous tous autant
que nous sommes.

Dans le noir, soudain son poing qui serrait la hachette
s'abat. L'homme s'écrie : « Pardonne-moi ! » et s'écroule
mollement, la face en avant, sans vie. A cet instant
précis, un chien se met à hurler à mort.

*Ba* Sahli et son fils s'éloignent dans la nuit.

# XVII

— A quoi pensez-vous, Moukhtar Raï ? Vous réflé-
chissez beaucoup trop ! Oubliez un peu votre bureau.

Moukhtar Raï pose son regard sur son beau-frère.
Il redevient attentif à ce qui l'entoure. Il dit :

— Chez nous, en général, les gens vivent mal quoi
qu'ils fassent. Tel est mon avis. Mais qu'y pouvons-
nous ?

Il hausse les épaules.

— Vouloir y changer quelque chose est une dange-
reuse illusion.

— Par moments, voyez-vous, je me sens indigne de
paraître sous vos yeux... Moi, on peut dire que je
prends goût à la vie, mais c'est parce que je suis un
lourdaud... Parfaitement ! Ne vous fâchez pas contre
moi. Que cela ne vous offense pas : je suis ainsi fait !
Je suis dans mon tort, mais c'est plus fort que moi...

— Hou ! Hou ! fait M^me Raï. Ça mousse, ça monte,
mais un vrai cœur d'or est caché là-dessous.

Allal se tourne vivement vers la vieille dame :

— Très juste, *lalla* Razia ! Dieu m'est témoin, je
voudrais contenter tout le monde ! Quand quelqu'un
me paraît malheureux, je me sens coupable et je
m'accable de reproches. Quand aussi...

M^me Raï, qui ne l'écoute déjà plus, l'interrompt :

— Ta parole m'est agréable. Je resterais toute la
nuit à t'écouter, fils, mais je suis un peu fatiguée. Tu me
pardonneras si je vais me coucher.

Elle fait des efforts pour se lever. Allal saute sur ses
pieds et lui offre la main.

— Il n'y a pas de mal, *lalla* Razia. Donnez-nous
votre bénédiction.

La vieille dame peut enfin se lever. Se tenant les reins
de sa main libre, elle marche le dos courbé :

— Aïe ! Aïe !

Allal la reconduit jusqu'à la porte d'une chambre,
par où elle disparaît.

— Béni soit votre sommeil, *lalla* Razia ! lance-t-il
avant de venir se rasseoir.

Ayant relevé le fond de son pantalon bouffant, il se
réinstalle à sa place, en tailleur, commodément, les
jambes bien croisées. Il considère son beau-frère et poursuit comme si cette interruption n'avait pas eu lieu :

— Vous, Moukhtar Raï, vous êtes instruit, vous
comprenez toutes ces choses. Mais moi je les dis stupi-
dement, comme elles me viennent. L'instruction, il n'y
a que ça de vrai !... Nous, nous sommes le troupeau,
nous ne savons rien de rien ; nous ne faisons que remuer

182

la langue, aller de l'avant sans souci des raisons qui nous poussent. Pour ce qui est de moi, je reconnais ma grossièreté, mon manque de caractère, mon égoïsme... On n'aura pas besoin de me les reprocher. Souvent...

— Mon frère !... proteste Yamna.

— Ma sœur, laisse-moi parler !

Moukhtar Raï propose :

— Encore un verre de thé ?

Il semble gêné.

— Du thé ? questionne Allal, l'air absent. Oui, ça coupe la soif.

Yamna lui remplit le verre.

— Merci, ma mie.

Il se met à boire par petites gorgées, en silence. A cet instant on entend un grincement de porte qui s'ouvre, et Sabri Lasmar arrive par le jardin, visiblement ivre.

— Oh ! Oh !... s'exclame Allal Taleb.

Il lui fait une révérence. Moukhtar Raï et sa femme dévisagent Sabri ; la figure du mari s'assombrit, une expression de douloureuse tension contracte les traits de Yamna.

— C'est Sabri, observe Allal Taleb.

— Lui-même en personne, convient celui-ci.

— Monsieur fait la noce.

Sabri hoche la tête :

— Il fait la noce.

— C'est indispensable, aujourd'hui, pour être quelqu'un... pour paraître comme il faut. Je ne me ferai jamais à ces mœurs !

— C'est qu'elles ne sont pas faites pour vous!

— Dis plutôt que tu ne trouves pas mieux à faire. Seul celui qui ne s'appartient pas peut être aussi prodigue de lui-même.

Sabri examine tour à tour Allal Taleb, Moukhtar Raï, Yamna. Il prend une chaise et l'enfourche.

— J'ai interrompu une grave discussion, il me semble. Continuez, continuez.

Il fait un geste de la main encourageant:

— Continuez, je vous en prie; faites comme si je n'étais pas là. Ma tante, soyez moins triste.

Yamna tressaille.

— Pourquoi serais-je triste? Ce ne sont pas mes affaires. Hormis ton oncle, tu es seul juge de tes actes.

— Qu'on dit!

— Voici que tu radotes, mon garçon, déplore Allal Taleb. Vas-y pendant que c'est ton tour!

Sabri part d'un brusque éclat de rire:

— Ecoutez-moi ça! Ah! ah!... écoutez-le!

— C'est d'un cœur chagrin...

— Laissez votre cœur un peu en repos!

Sabri continue à rire.

— Sabri! Ne ris pas! s'écrie Allal Taleb. La morale est toujours l'objet de ta raillerie. C'est d'un cœur chagrin que j'observe ta conduite. Devant ton oncle, ici présent...

Il ajoute plus bas:

— Pour ce qui est de moi, ça m'est égal, et au fond je te comprends.

Il reprend plus haut :

— Réfléchis, tu es jeune. Mais le jour viendra où ta jeunesse touchera à sa fin, où toutes les promesses qu'elle fait espérer s'évanouiront, où rien que le souvenir t'en restera. Prends garde que le tribunal de la conscience ne te déroule alors un tableau d'occasions manquées, de possibilités gâchées ! Tu es jeune encore, l'insouciance te va bien : elle réjouit les yeux et séduit le cœur. Mais pour un instant seulement, et ensuite...

— Allons, pourquoi parler de ces choses ? intervient Moukhtar Raï.

— Allal, qu'est-ce que tu as ? s'inquiète Yamna qui s'efforce de rire. De quoi te mêles-tu ?

Son frère reconnaît tout bas :

— Ça me touche, c'est tout. Ça me touche...

— Permettez, Allal Taleb, fait Sabri. En quoi mon cas peut-il vous toucher particulièrement ? Je ne suis qu'une loque, un profiteur, un cynique noceur à vos yeux !...

Moukhtar Raï se lève :

— Non, Sabri ! Non ! Je ne veux pas t'entendre parler comme ça !

Il s'approche du jeune homme, lui entoure les épaules du bras. Allal Taleb lance des regards narquois à Sabri.

— Comment, tu te fâches, mon jeune ami ? Il n'y a pourtant pas de quoi ! Tout ce que j'en dis, c'est par pure amitié, par souci de ta tranquillité. Je te mets en garde contre ce qui est avantage chez toi mais qui, demain, peut devenir malédiction. J'ai le plus profond respect pour ton oncle, qui est comme qui dirait ton père ; c'est le sentiment qui me perd, moi, je le dis tout franc !...

— Qu'allez-vous chercher ? dit le jeune homme d'un air découragé. Que de complications !

Il soupire :

— Eh bien... merci.

Allal Taleb détourne la tête. Il mâchonne entre ses dents :

— Je te retiens, toi ! Qui sait de quoi tu es capable ! Il faut s'attendre au pire, avec vous autres !

Le silence retombe, se prolonge, créant une impression d'embarras. Moukhtar Raï se rassoit ; il reprend son attitude méditative.

Sabri s'apprête à se retirer.

— Quand allez-vous... marier Zakya ? s'enquiert Allal.

Sabri s'arrête sur place.

— Quelle idée ! s'étonne Moukhtar Raï. Il en a peut-être été question, mais...

— Elle ne continuera pas... ses études, non ?

— Pourquoi pas ? Nous n'avons encore rien décidé. Je n'y vois d'ailleurs aucun inconvénient.

— Dieu juste ! Jusqu'où voulez-vous qu'elle aille ? Qu'est-ce que cette manie des études ? Notez que je suis pour le vrai savoir, mais... où voulez-vous aller de la sorte ?

— Les temps actuels exigent qu'une femme ait une vocation, qu'elle joue un rôle...

— Vous rêvez! Ce n'est pas pour nous, nous ne sommes pas arrivés à ce stade, tant s'en faut. Un homme passe encore, mais une femme!

Moukhtar Raï se passe distraitement la main sur le front.

— Il me semble quelquefois que je rêve en effet. Que je vais commettre on ne sait même quel crime, sans m'en douter...

Tous l'observent.

— Non! C'est mon imagination qui travaille.

Il se tait, mais ajoute aussitôt :

— Où nous voulons aller...

— Oui : où? murmure Allal Taleb.

Moukhtar Raï avoue à mi-voix :

— Je ne le sais pas!

— Plus que tous les autres, pourtant, nous avons besoin de le savoir, dit son beau-frère, parlant tout bas comme lui. Mais il faut trouver la voie qui nous convienne.

— Peut-être nous trompons-nous?...

— Il ne sert surtout à rien de murmurer contre les décrets du Ciel.

— Et pourquoi donc? interroge Sabri.

Allal Taleb louche de son côté avec effroi.

— Ne sois pas trop fier de ton intelligence, esprit fort! C'est ce qui nous perd.

Sabri est sur le point de lui répliquer, tergiverse, puis dit :

— Bonne nuit à tous.

Il part. Le silence pèse sur ceux qui restent.

Après un moment, Allal Taleb jette un coup d'œil vers la porte par laquelle Sabri vient de passer.

— Alors, vous pensez lui donner Zakya en mariage ?

— Je n'ai pas du tout l'intention d'imposer ma fille à Sabri, rétorque Moukhtar Raï. Du reste, pas plus qu'elle, il ne tient à se marier.

— Ah !

— Sabri est mon enfant autant que Zakya.

Moukhtar Raï a ajouté ces mots avec difficulté, comme s'il lui avait coûté de les prononcer.

— Bien sûr, approuve son beau-frère, dont le visage se ferme.

Tout d'un coup, il a l'air de se rappeler quelque chose ; il tire sa montre de son gousset.

— Oh !... Onze heures moins le quart !

Il se lève d'un bond.

— Mon compte est bon, mon épouse me renverra à la rue ! Non, ne me raccompagnez pas, je connais le chemin. Bonsoir, bonsoir !

Moukhtar Raï et Yamna le reconduisent jusqu'à la porte malgré ses protestations. Le patio demeure vide pendant quelques secondes. Le crissement des grillons semble renaître.

Yamna réapparaît la première, suivie de son mari.

— ... Elle pense sans doute, disait-elle, qu'il y a
mieux à faire, dans cette vie, que mener cette vie.

— De qui parles-tu? Je ne te comprends pas.

— De Zakya, naturellement ; c'est bien ce qu'elle
éprouve. J'en suis sûre : je le sens.

— Qu'est-ce que ça signifie? Explique-toi.

— Je ne saurais rien t'expliquer, mais c'est ainsi.
Je le sens.

Elle s'arrête, droite, le regard perdu.

— C'est la malédiction qui nous poursuit, c'est notre
vie...

— Notre vie?

— Notre vie. Elle est comme ça.

— Notre vie !

Moukhtar Raï se met à marcher de long en large.

— Je veux être pendu, il se passe quelque chose
ici... quelque chose qui... à quoi je ne comprends rien !
Qu'a-t-elle, *notre vie*?

— Je n'en sais rien, je t'ai simplement dit ce que ressent notre fille. J'ai l'impression qu'elle m'est de plus en
plus une étrangère. C'est comme si elle s'enfonçait dans
un autre monde...

— Non, non...

Moukhtar Raï va et vient, agité. Il se plante devant
sa femme :

— Non !

— Allons nous coucher, il se fait tard. Ne t'énerve
pas.

Ils se dirigent ensemble vers une pièce. Moukhtar Raï continue à interroger :

— Notre vie ? notre vie ? Qu'est-ce qu'elle a donc de si particulier, notre vie ? Elle ressemble à celle de tout le monde !

L'instant d'après, les lumières s'éteignent. La faible lueur qui éclaire le patio n'émane plus que de la nuit.

Pareille à un fantôme, Zakya paraît.

— Ils sont partis... dit-elle, prenant garde d'élever la voix. Je les entendais parler et n'arrivais pas à m'endormir. Que la nuit est belle !

Elle s'avance vers le jardin, pose la main sur une des colonnes, examine le ciel.

— Les étoiles pâlissent et s'éloignent, la lune va se lever. Je ne sais ce qui m'arrive... Quelque chose de beau, un principe bon, lumineux, anime la nuit.

Elle se tait, contemple le ciel de tous ses yeux.

— Comme notre maison paraît étrange enveloppée d'ombres, reprend-elle au bout d'un moment. L'air souffle plus frais, on n'entend que les voix isolées des derniers veilleurs... Mes pauvres parents ! Papa, tu es bon, et toi aussi, maman, mais... vous êtes sourds et vous ne voyez rien, vous ne savez pas.

La respiration de la ville qui dort emplit la nuit ; Zakya écoute.

— Ça changera un jour peut-être... Peut-être manquons-nous de présence terrestre ? Que c'est atroce d'être faible !

De nouveau, elle se tait.

— Je ne sais que devenir, je ne sais plus songer qu'à des choses impossibles. C'est comme si mon âme appelait dans les ténèbres. Il doit exister pourtant quelque chose vers quoi tendre les bras.

Elle revient sur ses pas, s'immobilise au milieu de la cour.

— Ombres, ombres, ombres... Je ne vois que des ombres, et il n'y a personne pour m'entendre.

La Grande Maison
*roman*
*Seuil, 1952*
*et « Points », n° P 225*

L'Incendie
*roman*
*Seuil, 1954*
*et « Points Roman », n° R 351*

Au café
*nouvelles*
*Gallimard, 1955*
*Sindbad, 1985*
*Actes Sud, 1996*

Le Métier à tisser
*roman*
*Seuil, 1957, 1974*

Baba Fekrane
*contes*
*La Farandole, 1959*

Ombre gardienne
*poèmes*
*Gallimard, 1961*
*Sindbad, 1984*

Qui se souvient de la mer
*roman*
*Seuil, 1962, 1990*

Cours sur la rive sauvage
*roman*
*Seuil, 1964*

Le Talisman
*nouvelles*
*Seuil, 1966*
*Actes Sud, 1997*

La Danse du roi
*roman*
*Seuil, 1968, 1978*

Formulaires
*poèmes*
*Seuil, 1970*

Dieu en barbarie
*roman*
*Seuil, 1970*

Le Maître de chasse
*roman*
*Seuil, 1973*
*et « Points », n° P 425*

L'Histoire du chat qui boude
*contes*
*La Farandole, 1974*
*Messidor / La Farandole, 1980*

Omneros
*poèmes*
*Seuil, 1975*

Habel
*roman*
*Seuil, 1977*

Feu beau feu
*poèmes*
*Seuil, 1979*

Mille Hourras pour une gueuse
*théâtre*
*Seuil, 1980*

Les Terrasses d'Orsol
*roman*
*Sindbad, 1985, 1990*

Le Sommeil d'Ève
*roman*
*Sindbad, 1989*

O Vive
*poèmes*
*Sindbad, 1987*

Neiges de marbre
*roman*
*Sindbad, 1990*

Le Désert sans détour
*roman*
*Sindbad, 1992*

L'Infante maure
*roman*
*Albin Michel, 1994*

Tlemcen
ou les Lieux de l'écriture
*essai*
*Revue noire, 1994*

La Nuit sauvage
*nouvelles*
*Albin Michel, 1995*

L'Aube Ismaël
*poèmes*
*Tassili Music, 1995*

IMPRESSION : BUSSIÈRE CAMEDAN IMPRIMERIES
À SAINT-AMAND (CHER)
DÉPÔT LÉGAL : FÉVRIER 1998. N° 33438 (98769/1)

# Collection Points

DERNIERS TITRES PARUS